Manfred Hirschleb

Tod ist Erlösung

Krimi

Copyright: © 2018 Manfred Hirschleb
Lektorat: Erik Kinting – www.buchlektorat.net
Satz & Umschlag: Erik Kinting

Verlag und Druck:
tredition GmbH
Halenreie 40-44
22359 Hamburg

Bibliografische Information der Deutschen Nationalbibliothek:
Die Deutsche Nationalbibliothek verzeichnet diese Pu-
blikation in der Deutschen Nationalbibliografie; detail-
lierte bibliografische Daten sind im Internet über
http://dnb.d-nb.de abrufbar.

1

Leverkusen, 15.09.1990

Es war ein spätsommerlicher Tag, noch gab sich die Sonne dem Herbst nicht geschlagen, was die Menschen in die Straßencafés trieb. In den Parks saßen Mütter und schauten ihren Kindern beim Spielen zu, Jogger drehten ihre Runden und Biker benutzten die Wege als Rennstrecken.

Das Häuschen mit dem großen Garten, eingerahmt von Koniferen, Magnolienbäumchen und Weigelien-Sträuchern, lag in Leverkusens besserer Wohngegend. Ein kleiner Bach bildete die Grundstücksgrenze. Inmitten des gepflegten Rasens befand sich ein Gartenteich, in dem die Blüten der Teichrosen die Sonnenstrahlen einfingen. Rot- und grünschillernde Libellen huschten hin und her, auf der Suche nach geeigneten Wasserpflanzen, um ihre Eier anzuheften. Im Jahr darauf würden sich die Larven zu brutalen Räubern entwickeln, die alles auffraßen, was sie bewältigen konnten.

Als Ignatz, ihr Mann, bei einem Verkehrsunfall ums Leben kam, war Carmen Reitmeier im siebten Monat schwanger – sie erlitt damals einen Nervenzusammenbruch. Marcel wurde als Frühchen geboren, entwickelte sich aber prächtig. Seitdem bewohnten Carmen und Marcel das Haus allein. Die Witwenrente sicherte ihr Auskommen und die üppige Lebensversicherung sparte sie für Marcels Ausbildung, er sollte später mal studieren. Den Nachbarn erschienen sie als unscheinbare kleine Familie, eine Alleinerziehende mit ihrem Sohn.

Eher still und in sich gekehrt glänzte Marcel in der Schule mit Bestnoten. Als Außenseiter fiel es ihm etwas schwer Freundschaften zu schließen. Nur Reinhard fühlte sich zu Marcel hingezogen, er war sein einziger Freund. Nach der Schule bummelten sie manchmal auf dem Nachhauseweg, kauften sich ein Eis oder saßen einfach nur zusammen und verloren sich in kindlichen Belanglosigkeiten. Ein paar Mal versuchte er, von seinem Freund zu erfahren wie es sei, einen Vater zu haben, und ob der mit ihm manchmal spielte und ob seine Mutter ihn genauso liebte, wie Carmen ihn liebte, doch jedes Mal verließ ihn der Mut und er fragte nicht.

Er spürte, dass er anders war als die anderen Jungen; ihre Spiele waren nicht die seinen, weil er ihnen nichts abgewinnen konnte. Seine Welt war tiefgründiger, eher naturbezogen; er interessierte sich für alles, was da kreuchte und fleuchte, im Gegensatz zu seinen Schulkameraden, die sich neben Computerspielen zunehmend für das andere Geschlecht interessierten. Jetzt, mit beinahe zwölf, begannen seine Hormone manchmal verrückt zu spielen. Waren die Folgen bei seinen Schulkameraden noch recht unschuldig, verlief es bei ihm ganz anders.

Marcel war Carmens ganzer Stolz. Sie – eins dreiundsiebzig groß, fast vierzig, mit kastanienbraunen halblangen Haaren, grünen Augen, einer großen Oberweite und schlanker Figur – war eine attraktive Erscheinung. Wenn sie beide in der Stadt einkauften, drehten sich die Männer nach ihr um.

Früher hatte sie oft Angst auf dem Spielplatz, weil Marcel wie ein Wilder alle Geräte ausprobierte, die sich bewegen ließen. Besonders das Karussell hatte es ihm angetan. Er schob es immer bis zur maximalen Geschwindigkeit an und wollte gar nicht mehr aufhören sich damit im Kreis zu drehen. Was ihn jedoch noch viel mehr faszinierte, waren die Büsche, Bäume und Pflanzen und alles was fliegen oder kriechen konnte. Die Natur war sein Metier. Er kaute oft auf einem Blatt herum, nur um festzustellen, wie es schmeckte. Im Frühjahr zupfte er die zarten Triebe von den Fichten und kaute auf ihnen herum, bis der bittere Geschmack seine Geschmackspapillen überstrapazierte. Sogar Gras probierte er – er wollte wissen, warum Kühe Gras fraßen, die dann als Milch wieder herauskam. Seine Mutter hätte schwören können, dass der Junge einmal Naturwissenschaft studieren würde. Auf diesem Gebiet war er aufgeweckt und neugierig, las viel, trocknete Blumenblüten und Blätter. In Gläsern sammelte er Fliegen, Käfer, Ameisen und auch mal einen Schmetterling. Er konnte stundenlang hinter dem Haus am Bach sitzen, fing Kaulquappen oder Salamander, um sie eingehend zu untersuchen und wieder frei zu lassen. Abends war er oft so müde, dass er sofort ins Bett wollte.

Seine Mutter sorgte dafür, dass er sich ordentlich wusch und seine Zähne nach dem Essen putzte. Dann las sie ihm eine Gutenachtgeschichte vor. Meistens lag sie neben ihm, sodass sein Kopf zwischen ihren Brüsten zu liegen kam. Sie hatte ihn gestillt, bis er vier Jahre alt war, doch auch danach musste er sich immer zu ihr legen, den Kopf zwischen ihren nackten Brüsten, deren harte Nippel sich ihm entgegenstreckten. Dann erzählte sie ihm von seinem Vater, der im Januar 1949, im eisigen Winter, mit seinen Eltern aus Tannenberg in Ostpreußen floh, als die Rote Armee ihre Großoffensive im Osten Nazideutschlands begann, wie sie über die zugefrorene Ostsee flüchten mussten, nach Pillau, wo die letzten Schiffe Flüchtlinge aufnahmen. Die Menschen hatten nur das Nötigste dabei, auf Handwagen oder Schlitten, einige auch mit Pferdefuhrwerken. Die Flugzeuge der Russen schossen erbarmungslos auf die Fliehenden und viele fanden dabei den Tod, andere versanken mit ihren Fuhrwerken in den eisigen Fluten der Ostsee, als das Eis unter ihnen zerbrach. Marcels Vater war vier Jahre alt, als er mitansehen musste, wie seine Eltern untergingen. Er wurde gerettet, eine fremde Familie nahm sich seiner an und mit ihr erreichte er, mehr tot als lebendig, den rettenden Hafen. Jahrzehnte später studierte Marcels Vater in Köln Molekularbiologie. Ein anderes Mal erzählte sie, wie sie sich auf einer Betriebsfeier kennengelernt und verliebt hatten, sie war als Chefsekretärin in der gleichen Firma tätig gewesen, aber immer endete sie damit, wie er starb.

Als er auf dem Weg zur Arbeit diesen Unfall hatte, war das ein schwerer Schlag für sie, es zerriss ihr das Herz. Sie weinte jedes Mal, wenn sie davon erzählte, und drückte Marcel noch fester an ihre Brust – er sollte daran saugen, so wie er das früher getan hatte.

Mit zunehmendem Alter kam ihm das befremdlich vor. Vor allem konnte er sich Mutters verhaltenes Stöhnen nicht erklären, wenn er zwischen ihren

Brüsten lag. Da sie meistens nackt waren, spielte sie manchmal mit seinem Penis, bis dieser steif wurde. Erst wenn sie einschlief, schlich er sich in sein Bett. Meistens war er danach so aufgewühlt, dass er noch lange wach lag.

Ihr Bedürfnis nach seiner Nähe blieb bestehen und weil er sie liebte, ließ er sie gewähren, doch mit zwölf Jahren wollte er definitiv nicht mehr *gesäugt* werden. Er entdeckte nun in großen Schüben seine eigene Sexualität und entwickelte seiner Mutter gegenüber Schamgefühle. Ihm dämmerte, dass das bisherige Miteinander nicht normal war und begann sich dem zu widersetzen. Auch wenn er es genoss, wenn sie mit ihm spielte, empfand er ihr Gestöhne und das Saugen an ihrer Brust doch als abstoßend, schließlich war er kein kleines Kind mehr.

In seiner Not versuchte er herauszufinden, wie das bei anderen Jungen war, und vertraute sich seinem einzigen Freund an. Verschämt fragte er ihn beiläufig, ob seine Mutter das auch mit ihm machte. Damit trat er eine Lawine los: Nicht nur, dass Reinhard ihn auslachte, er erzählte es auch noch begeistert überall herum. Marcel wurde über Nacht zum Gespött der ganzen Schule. Wenn er kam, steckten sich die Jungen den Daumen in den Mund und fassten sich an die Brust. Die Mädchen verdrehten bei seinem Anblick die Augen oder kicherten gehässig. Die Jungs grinsten ihn so hämisch an, dass er sich am liebsten auf sie gestürzt hätte, aber stattdessen senkte er nur seinen hochroten Kopf. Die Enttäuschung über den Vertrauensbruch seines Freundes erfüllte ihn ebenfalls mit unbändiger Wut. Die spöttischen Blicke der Mädchen jedoch fühlten sich an wie Messerstiche in sein Herz.

Zutiefst verletzt wendete er sich ab und zog sich fast komplett in sich selbst zurück. Niemals wieder sollte ihn jemand verspotten und niemals würde er jemandem vertrauen. Ihm blieb nur seine Mutter.

Marcel liebte Carmen und wollte sie nicht verletzen. Hin- und hergerissen zwischen dem Gefühl von Geborgenheit und der Gewissheit, dass das, was sie taten, unnormal war, befand er sich in ständigem Widerspruch zu seinen Gefühlen. Das wurde noch durch die diversen Liebhaber seiner Mutter gesteigert, denn er konnte die Geräusche aus dem Schlafzimmer oft hören und erkannte die Parallelen.

Der seelische Konflikt wuchs von Tag zu Tag und wurde schließlich so groß, dass es nur einen Ausweg gab: Er musste sich davon befreien …

Der Tag, an dem sie ihn zu sich ins Bett holte, kam unweigerlich. Sie presste seinen Kopf an ihre Brust und ermunterte ihn, an ihren Nippeln zu saugen, während ihre Hand zwischen ihren Schenkeln verschwand. Sie hatte ihre Augen geschlossen und ihr Kopf wiegte wollüstig hin und her. Sie drückte Marcel fest an sich und keuchte, dann wieder murmelte sie unverständliche Worte, Marcel glaubte den Namen seines Vaters zu hören. Sie bäumte sich plötzlich auf, presste ihn so fest an sich, dass er zu ersticken drohte, und begann zu stöhnen und spitze Schreie auszustoßen. Es hörte sich an, als würde ein Kind um Hilfe schreien, es schmerzte ihn in den Ohren. Als sie endlich entspannt da lag und ihn losließ, holte er das Teppichmesser hervor, das er schon vor Tagen unter der Matratze versteckt hatte, und schlitzte ihr mit einer schnellen Bewegung die Kehle auf. Fasziniert starrte er auf die pulsierende Fontäne, die aus Mutters Schlagader spritzte und alles in ein unwirkliches Rot tauchte. Sie starrte ihn nur mit großen Augen an, versuchte nicht, die Wunde zuzuhalten oder aufzustehen, sah ihn nur an, bis ihre Augen glasig wurden. Dieser Moment brannte sich tief in seine Seele ein. Überrascht und fasziniert hatte er versucht, aus ihrem Röcheln ein paar letzte Worte herauszuhören, irgendetwas, was einen Sinn ergab, aber da war nichts – absolut nichts. Ihre Augen brachen, das Röcheln erstarb, dann lag sie still da. Nur sein erregtes Atmen störte die Stille des Augenblicks.

Blutverschmiert kniete er neben seiner Mutter auf dem blutgetränkten Laken und starrte in die toten Augen, die den Glanz des Lebens verloren hatten. Er versuchte herauszufinden, was er gerade empfand: Neben Erleichterung war da noch ein anderes, viel Größeres und alles Durchdringendes Gefühl … es begann im Kopf, zog sich durch den ganzen Körper und endete in einer beinahe schmerzenden Erektion – sein Unterleib bebte. Es hatte in dem Moment begonnen, als die Klinge den Hals durchtrennte. Hitzewellen jagten durch seinen Körper und ließen ihn wohlig erschauern. Sein Herz schlug bis zum Hals. Sein Kopf glühte und drohte zu zerplatzen. Dieses Gefühl war überwältigend, fast unheimlich. Noch nie zuvor hatte er Ähnliches erlebt. Und er war nun frei – frei zu tun, was immer er wollte. Nie wieder würde man ihn zu irgendetwas zwingen. Diese riesigen Brüste, die ihn so lange gepeinigt, ihm aber auch Freude bereitet hatten, sollten ausgelöscht und aus seinem Leben verbannt werden. Nicht nur aus seinem zukünftigen Leben, auch aus seinem Gedächtnis. Nie wieder erinnern. Hier und jetzt würde er sich davon befreien. Diese grässlichen Nippel! Er wollte alles tilgen, was ihn daran erinnern würde. Er griff zum Messer und schnitt fast andächtig die Brustwarzen seiner toten Mutter ab, ging ins Bad und spülte sie die Toilette hinunter.

Ihr Tod hatte ihn nicht nur erlöst, sondern von jahrelangen Zwängen befreit. Aber da war noch das andere Gefühl, übermächtig, seinen ganzen Körper durchdringend und es fühlte sich gut an – so gut … so gut und richtig, dass es zu einem Teil von ihm wurde.

Wie in Trance legte er sich neben sie und streichelte ihr Gesicht. Tränen liefen seine Wangen hinunter. »Mama … Mama … ich hab' Dich lieb«, flüsterte er, bis der Schlaf des Vergessens ihn endlich erlöste.

2

18. September 2017

Harry blätterte gerade in einer Akte der *Alt-Fälle*, wie sie es nannten: unaufgeklärte, lange zurückliegende Mordfälle, oft zehn Jahre alt, die ins Archiv gewandert waren und nun wieder ausgegraben wurden. Ihren letzten Fall hatten sie gerade mehr oder weniger erfolgreich abgeschlossen: der Serienmörder konnte sich noch erschießen, als sie seine Wohnung stürmten. Aber immerhin konnten sie den Kollegen Paul sowie eine entführte Frau lebend befreien. Noch immer jagte es Harry einen eiskalten Schauer über den Rücken, wenn er an Paul dachte, der gefesselt, geknebelt und blutverschmiert in der Badewanne des Killers lag, als sie ihn fanden.

Berlin war eine Stadt, die niemals schlief und in der das Verbrechen das ganze Jahr über Hochkonjunktur hatte. Im Präsidium des LKA in der Keithstraße herrschte daher immer Hochbetrieb. Im Sonderdezernat für unaufgeklärte Mordfälle ging es da schon wesentlich beschaulicher zu. Am Ende des

Ganges im zweiten Stock residierten Harry und sein Team. Bei der Aufarbeitung der ungeklärten Mordfälle half ihnen ein neu entwickeltes Computerprogramm des BKA, das von Andy Dobler, gleichzeitig Polizist und Computer-Crack, entwickelt worden war. Es erfasste landesweit alle ungelösten Mordfälle, sortierte die Ermittlungsergebnisse – Tatorte, Tatwaffen, nähere Umstände, Obduktionsberichte et cetera –, stellte Zusammenhänge her, zog Vergleiche und brachte so neue Erkenntnisse. Mithilfe dieses Programms hatte Harrys Team bereits mehrere Serienmörder zur Strecke bringen können.

Harry Nitzer, Chef und Leiter des Sonderdezernates, 46 Jahre alt, eins fünfundachtzig groß, schlank, mit fast schwarzen, zu einem Schwänzchen zusammengebundenen Haaren und Dreitagebart, war eine stattliche Erscheinung, stets braun gebrannt, immer einen freundlichen Blick im Gesicht, für jeden Spaß zu haben. Wer ihn kannte, wusste, dass er ein knallharter Typ sein konnte. Seine Erscheinung konnte sein mexikanisches Erbe väterlicherseits nicht verleugnen. Er bevorzugte schwarze Kleidung und Stiefeletten, was ihm das Aussehen eines Steven Segal verlieh, nur etwas jünger und weniger fett.

Im Moment war nichts los. Miriam stand an der Kaffeemaschine, die blubbernd ihren Inhalt in die Tasse entließ. Dieses quirlige blonde Persönchen war bereits mit 23 Jahren Kriminalkommissar-Anwärterin. Ihr Spezialgebiet war die Computerrecherche. Sie war die gute Seele des Teams und außerdem heimlich mit Paul verlobt.

Paul Strohbeck, 33 Jahre alt, groß, schlaksig, mit rotblondem Haar und jeder Menge Sommersprossen, war bereits Kriminalhauptkommissar. Seine Stärke war seine unnachahmliche Kombinationsgabe. Er bewohnte mit Miriam mittlerweile eine kleine Dreizimmerwohnung in Schöneberg, hatte seine eigene Wohnung aber als Meldeadresse behalten.

Paul blätterte lustlos in einer Akte und wartete darauf, dass einer der Fälle, die sie gerade prüften, sich als hoffnungsvoll offenbarte. Er hatte sich noch nicht ganz vom Frust des letzten Falles erholt, bei dem ihn der Killer wie einen Grünschnabel überwältigen konnte. Miriam und Harry hatten ihn davor bewahrt, irgendwo verscharrt zu werden.

Er schloss die Akte und wollte sich einen Kaffee holen, als überraschend Herwald Meixner vom Dezernat 11, der Mordkommission, in der Tür stand und mit einer Akte wedelte: »Guten Tag allerseits! Ich hoffe, ich störe nicht. Ich könnte eure Hilfe gebrauchen, Kollegen.«

Herwald war einer der erfahrensten Ermittler des Dezernats. Ein kleiner korpulenter Mittfünfziger, die wenigen Haare sauber gescheitelt, mit dem

Blick eines listigen Fuchses und breiten Hosenträgern, die seine Beinkleider davor bewahrten, ihm um die Knöchel zu schlackern. Obwohl im Innendienst, landeten die aktuellen Mordfälle direkt auf seinem Schreibtisch. Den ganzen Vormittag hatten die Kollegen und er penibel jedes Detail zusammengeschrieben, mit dem Ergebnis, dass sie nichts hatten, was auch nur ansatzweise auf den Täter schließen ließ.

»Komm' rein. Wie du siehst, stecken wir bis zum Hals in Arbeit, aber wir sind für jede Abwechselung dankbar«, meinte Harry und konnte sich ein Grinsen nicht verkneifen. »Haben wir noch einen Kaffee für unseren Kollegen, Miriam?«

»Läuft gerade durch. Du nimmst ihn dir gleich selber, ja?« Sie grinste.

»Klar. Können wir uns kurz zusammensetzen? Ich habe da einen Fall, der … Also wir kommen nicht weiter. Eine vertrackte Sache.«

»An den runden Tisch, Leute«, rief Harry.

»Der Mord geschah am Freitag, also eigentlich nicht euer Bier. Aber vielleicht könnt ihr euch ja trotzdem mal den Tatort ansehen. Ihr seht vielleicht etwas, dass wir bisher übersehen haben. Betriebsblindheit oder so. Man weiß ja nie«, meinte er, öffnete den Aktenordner und breitete den Fall vor ihnen aus.

Betroffene Stille beherrschte den Raum, als Herwald fertig war.

Harry fasste sich als Erster: »Was meint ihr?«, fragte er und blickte erwartungsvoll in die Runde. Wenn Herwald kapitulierte, obwohl ihm ein ganzes Dezernat zur Verfügung stand, musste es sich um einen wirklich kniffligen Fall handeln. Dieses Eingeständnis fiel dem mit allen Wassern gewaschenen Kollegen bestimmt nicht leicht. Sehr ungewöhnlich.

Der Tathergang deutete auf einen Ritualmord hin, das Motiv lag völlig im Dunklen. Unwillkürlich kam Harry der Gedanke, dass Ritualmorde selten eine Einzeltat waren. In der Mehrzahl der Fälle gingen andere Taten voraus und weitere folgten, bis der oder die Täter zur Strecke gebracht wurden. Harrys Pulsschlag erhöhte sich leicht und ihm wurde etwas mulmig. Er kannte diese Anzeichen und sie bedeuteten nichts Gutes. Vielleicht erfuhren sie über das BKA-Programm von Dobler mehr.

Miriam und Paul nickten, sie waren dabei.

***

Das kleine familiengeführte *Hotel Grünert* in Charlottenburg schmiegte sich zwischen die mehrstöckigen Häuserzeilen. Neben einem kleinen Foyer, ausgestattet mit einigen Sitzgarnituren und decken-hohen Kunstpflanzen, befand sich die Rezeption. Links davon war der Treppenaufgang, der zu den 35 Zimmern führte. Das zweistöckige Gebäude verfügte über keinen Aufzug. Eine kleine Küche lieferte das Frühstück für die Gäste. Das Haus bot einen 24-Stunden-Service, ab 22 Uhr mit Nachtportier. Das Ambiente aus den Fünfzigern verströmte einen Hauch von Nostalgie. Sofort fühlte man sich um Jahre zurückversetzt, in eine Zeit, als das Leben scheinbar noch betulicher war.

Sie standen vor Zimmer 35 am Ende des langen Ganges im zweiten Stock. Paul brach das Polizeisiegel und öffnete die Tür; sie war unverschlossen. Der Gestank, der ihnen entgegenwehte, ließ sie kurz innehalten. Ein kleiner Gang, links davon das Bad, rechts eine kleine Garderobe, geradeaus ein großes Fenster mit Blick auf den Hinterhof. Das viele Blut auf dem Bett und der blutige Schriftzug an der Wand schienen direkt aus einem billigen Horrorfilm abgekupfert. Der Text in Großbuchstaben – *TOD IST ERLÖSUNG* – sprang sie förmlich an.

Miriam beherrschte sich so gut es ging, stürzte jedoch nach wenigen Sekunden kalkweiß aus dem Raum.

Hin- und hergerissen zwischen Ekel und Belustigung schaute Harry ihr hinterher. Es hatte seine

Gründe, warum sie in der Abteilung für Alt-Fälle war – da gab es keine frischen Tatorte … jedenfalls nicht oft.

Paul war bereits ganz in sich gekehrt, betrachtete gedankenverloren den Schriftzug und wiegte nachdenklich den Kopf, als ob er jeden Buchstaben einzeln zu begreifen versuchte: Welch eine Übertreibung! Hier ging es nicht um Hass, Eifersucht oder blindwütiges Töten, auch nicht um Macht zum Zwecke sexuellen Lustgewinns, nein, dieser barbarische Akt, dieses scheinbar blindwütige Blutvergießen diente einem anderen Zweck – aber welchem? Der Täter wollte möglicherweise ein erlittenes Trauma aufarbeiten. Er verging sich nicht an seinem Opfer, quälte es nicht und bettete es anschließend sorgfältig, fast hingebungsvoll, als würde es schlafen. Das wussten sie von Herwald. Paul zog den Schluss, dass die Frau lediglich Mittel zum Zweck für das eigentliche Ritual war – dem Tötungsakt. Da waren allerdings die fehlenden Brustwarzen … Wo war das wahre Motiv zu finden? Und was geschah nach der Tat, um keine Spuren zu hinterlassen? – Denn es gab keine, keine einzige. Dafür waren sorgfältige Planung, Intelligenz und Kaltblütigkeit nötig. Seine Intuition sagte Paul, dass der Täter als extrem gefährlich einzustufen war.

Angewidert und gleichzeitig fasziniert wandte er sich an Harry: »Was glaubst du, was hier passiert ist?«

»Die Frau hatte laut Gerichtsmediziner keinen Sex. Sie wurde auf das Bett gelegt, dann wurde ihr die Kehle durchgeschnitten und mit ihrem Blut die Wand beschmiert. Am Ende wurden ihr die Brustwarzen abgeschnitten. Post mortem. Die sind verschwunden, hat der Täter vermutlich mitgenommen. Nun ... ich glaube schon mal nicht, dass eine Frau das getan hat. Wie hat der Kerl es geschafft, keinerlei Spuren zu hinterlassen? Und was noch wichtiger ist: Wie kam die Frau in dieses Zimmer? Hat er sie hergelockt oder mit Gewalt hergebracht? Unter Drogen gesetzt? Die Laborergebnisse stehen noch aus. Das war ein Ritualmord und zwar nicht sein Erster. Wir müssen versuchen, über das Dobler-Programm mehr herauszufinden. Wenn es schon früher ähnliche Morde gab, sollten wir sie finden. Hier sind wir fertig, oder?«

»Ja, wir sollten uns jetzt um Miriam kümmern. Das hat sie ziemlich mitgenommen. Sie ist noch ziemlich unerfahren mit frischen Tatorten. Lass uns gehen. Wie sieht's aus, Harry, gehen wir in die Giraffe? Ich glaube, wir alle könnten jetzt einen kräftigen Schluck vertragen.«

»Meine Güte, kaum seht ihr zwei Stubentiger mal etwas Blut, wird gleich nach der Flasche gegriffen. Nee, nee, mein Lieber«, grinste Harry.

Die *Giraffe* am Tiergarten war ein nettes Ausflugslokal mit einem Biergarten, eine typische Berliner Kneipe. Jetzt, im Herbst, war es wenig besucht, für Eingeweihte jedoch ein Geheimtipp. Ike, der Wirt, war ein Berliner Original, so um die Fünfzig. Mit seinem um den Kopf geschlungenen Tuch sah er aus wie ein Seeräuber; die grünen Augen, der dichte rotblonde Vollbart und sein wettergegerbtes Gesicht unterstrichen diesen Eindruck. Er war tatsächlich als Matrose um die Welt gefahren und trug gerne ein blauweiß gestreiftes T-Shirt, weiße Leinenhosen und weiße Turnschuhe. Dazu eine überdimensionierte Creole im Ohr. Sein Urberliner Dialekt stand im krassen Gegensatz zum Aussehen des muskelbepackten Zwei-Meter-Hünen. Ike galt als Tagesblatt; er wusste immer, was rund um den Tiergarten passierte.

Als passionierter Kneipenbummler kannte Harry die Giraffe natürlich und hatte in letzter Zeit auch Paul und Miriam nach Feierabend mal mitgenommen. Seitdem hielten die beiden den Laden für ihre Team-Stammkneipe.

»Es kann ja nicht schaden, wenn ich Ike mal frage, ob er etwas über vermisste Frauen rund um den Tiergarten weiß«, meinte Paul.

Harry grinste.

»Superdings«, sagte Miriam keuchend. Sie lehnte am Treppenaufgang an der Wand und atmete bemüht ruhig.

»Was?«, fragte Harry irritiert.

»Das Programm von Dobler heißt Superdings«, wiederholte sie, ohne ihn anzusehen.

»Sagst du«, brummte Harry.

»Ganz genau«, stöhnte Miriam und ließ sich von Paul die Treppe hinunterhelfen.

***

»Wat issen mit dir passiert, Mädel? Kiekst aus wie Tod uff Latschen.« Ike stellte zwei Gläser auf den Tresen. »Wat wollter trinken?«

»Ich brauch was Hartes, Ike. Hab' einen Scheißtag hinter mir. Wodka pur«, verkündete Paul.

»Und du? Wat willste, Kleene?«

»Für mich einen Whiskey, aber doppelt. Auch 'nen Scheißtag gehabt.«

Er füllte die Gläser. »Nu mach det ma nich so spannend. Soll ick bis morjen warten?« Er stützte die Ellenbogen auf den Tresen, beugte sich beinahe verschwörerisch nach vorne und starrte sie wartend an.

»Wir arbeiten gerade an einem neuen Fall …«

»En neua alta Fall? Oda 'n neua neua Fall?«

»Ein neuer Fall.«

»Boah, ihr und neue Fälle, wa?« Ike grinste.

»Ja, mal was anderes. Ein Serienkiller vermutlich. Eigentlich dürfen wir nicht darüber sprechen. Jedenfalls ein frischer Tatort, nicht nur Fotos und staubige Akten, sondern Blut, das von der Wand tropft und so. Eine wirklich eklige Sache.« Paul nahm einen Schluck. Dann vergewisserte er sich, dass keine Gäste in der Nähe waren, und schilderte kurz und knapp, was in dem Hotelzimmer gefunden worden war.

»Ach, du meene Jüte. Det is ja richte jruselig. Un mit so wat müsst ihr euch rumschlajen?«

»Hast du zufällig mitbekommen, ob irgendwo eine Frau verschwunden ist? So Mitte vierzig, mit großen Ti … Brüsten? Vielleicht kannst du dich ja mal umhören, Ike? Nur so nebenbei – vastehste?«, grinste Paul.

»Nee, wees ick nich. Kann mir abba ma umhören. Noch ne Runde?«

***

Dicke Regenwolken zogen über Berlin. Nieselregen trieb die Menschen von den Gehsteigen und wer nicht auf dem Weg zur Arbeit war, verdrückte sich eilig in ein Geschäft oder ein Café. Harry liebte diese Stadt, ihre Geschäftigkeit und ihre Menschen. Die Berliner waren schon ein besonderer Schlag: weltoffen und jedermann gegenüber aufgeschlossen gelang es ihnen, die *Mauer*, die einst Ost und West trennte, in ihren Köpfen schneller zu überwinden und zusammenzuwachsen, als das anderswo möglich gewesen wäre. Als Bundeshauptstadt prosperierte Berlin in einem Wahnsinnstempo, aber leider ebenso das organisierte Verbrechen. Trotzdem, musste man diese Stadt einfach lieben – oder hassen. Beides ging nicht.

Harry schaute aus dem Fenster. Die Bäume im Tiergarten begannen sich bereits zu verfärben. Trotz Nieselregen ließ sich der eine oder andere Jogger nicht entmutigen. Er sah sie nur, wenn sie unter dem Kronendach der Bäume hervorkamen. Und da waren noch die anderen, meist Rentner, die ihren Hund Gassi führten und sich unter Regenschirmen zu verstecken versuchten. Als Kind hatte er sich immer einen Hund gewünscht, leider vergeblich.

Harry mochte den Herbst nicht und den November schon gar nicht. Der war meist nur neblig und verursachte Trübsinnigkeit. Im Dezember wollte er seinen Urlaub in Mexiko bei seinem Vater auf der

Farm verbringen. Felipe Alvarez besaß eine Agaven-Plantage und produzierte erfolgreich Tequila und Kosmetikprodukte für den Export; für den Hausgebrauch brannte er einen exquisiten Mezcal. Der Kontakt zu ihm bestand bedauerlicherweise nur aus vereinzelten Telefonaten und Versprechungen, mal vorbeizukommen. Nach der Trennung von Harrys Mutter hatte Felipe sein gut gehendes Hotel verkauft und sich in Mexiko eine neue Existenz aufgebaut. Die Geschäfte liefen gut und man konnte ihn durchaus als vermögend bezeichnen.

Warum nur schaffte er es nicht, seinen Vater zu besuchen? Darüber grübelte Harry öfter nach. Dieses Jahr wollte er es endlich durchziehen. Mal wieder. Er ahnte, dass es wieder nichts werden würde. Während der Zeit in der Abteilung für organisiertes Verbrechen hatte er schlicht keine Zeit gehabt, der unausweichliche Burn-out hätte ihn beinahe aus der Bahn geworfen. Aber jetzt, mit der wesentlich ruhigeren Aufgabe, fand er auch nicht die Zeit, seinen Vater zu besuchen. Zumindest redete er sich das ein. Im Moment war es jedenfalls wichtiger, sich um diesen bizarren Fall zu kümmern, als über Familienkram nachzudenken.

Harry hatte ein ungutes Gefühl. Hier war ein Mörder am Werk, wahrscheinlich hochintelligent, der vermutlich schon eine ganze Weile aktiv war und es bislang fertiggebracht hatte, völlig unauffällig zu bleiben. Vielleicht ein Familienvater mit Kindern, aber dennoch ein Psychopath. Sich in eine solche Persönlichkeit hineinzuversetzen war extrem schwer, auf der Polizeiakademie fehlte es an entsprechender Schulung. Als Ermittler erschloss sich einem der Sinn solcher Taten meist nicht und so wurden diese oft nicht aufgeklärt – weil sich kein Motiv finden ließ, das zum Täter geführt hätte. Dass solche Täter in der Regel hochintelligent waren, erschwerte die Ermittlungen zusätzlich.

Wenn solche Serienmörder töteten, wusste man nie, welche Motive sie hatten, was sie antrieb. Die menschliche Psyche kompensierte Traumata auf unterschiedliche Weise und zumeist lagen die Gründe in den frühen Kindesjahren, seltener in einem später erworbenen Trauma. Die üblichen niederen Beweggründe wie verschmähte Liebe, Eifersucht, Hass oder Neid konnte man als Ermittler relativ gut nachvollziehen. Einem Ritualmord lag jedoch in den meisten Fällen ein Trauma zugrunde, das weit in der Vergangenheit lag. Die Täter waren praktisch unsichtbar, doch in vielen Fällen hinterließen sie eine Botschaft, einen Hilfeschrei, denn nur die Ermittler hatten die Möglichkeit, sie von ihrem Zwang zu befreien, immer weiter zu morden. Man musste die Botschaft nur entschlüsseln, denn allzu einfach machten die Typen es einem nie. Und dann waren da noch die, die nicht erwischt werden wollten; die ganz Perfiden, die sich für unfehlbar, ja gottgleich hielten und Allmachtsfantasien nachhingen. Gelegentlich spielten sie mit der Polizei Katz und Maus, aus reiner Selbstüberschätzung, was oft die einzige Chance war sie zu fassen. Diejenigen, die dafür nicht anfällig waren, fielen womöglich überhaupt nie auf. Ein guter Teil der Vermissten konnten Opfer solcher Serientäter sein, die komplett unter dem Radar blieben. Harry fröstelte es bei dem Gedanken.

Der ritualisierte Mord, mit dem sie es hier zu tun hatten, fiel jedoch in die Kategorie eines frühkindlichen Traumas – mit einer Botschaft! Man musste das Puzzle nur richtig zusammensetzen, dann hatte man ein Motiv. Für die Täter waren Botschaft und Rätsel sinnvoll, für die Ermittler zunächst mal nur die Perversion eines Geisteskranken. Harry grübelte: Was wollte er ihnen damit sagen: *Tod ist Erlösung*?

Miriam und Paul rissen ihn aus seinen Gedanken, als sie das Büro betraten. Ihre verquollenen Augen mit den dunklen Ringen fielen ihm sofort auf.

»Oh … du? Schon hier? So früh?«, wunderte sich Paul.

»Ja, verkehrte Welt, nicht wahr? Ich bin hier, wenn ihr zwei Schnapsleichen über die Schwelle kriecht.«

»Wer im Glashaus sitzt …«

»Schon gut. Wird ja wohl nicht allzu oft vorkommen. Obwohl … wenn wir recht haben, ist das ein aktiver Serientäter und es könnte sein …«

»Hoffentlich nicht«, stöhnte Miriam.

»Du musst ja nicht jede seiner Taten derart begießen«, grinste Harry. »So, Schluss jetzt mit den Witzchen. An die Arbeit!« Er klatschte in die Hände, dass es nur so krachte. »Los, los! Ich will Ergebnisse sehen. Wirf deinen Computer an.«

Miriam verzog das Gesicht, verzichtete aber auf jeglichen Kommentar. Angeschlagen wie sie war, konnte sie in Sachen Schlagfertigkeit im Moment nicht mithalten und je weniger sie sagte, desto eher verlor Harry die Lust an diesem Spiel mit vertauschten Rollen.

Sie ließ sich schwerfällig auf ihren Bürostuhl plumpsen und startete den PC.

Harry warf ihr einen mitleidigen Blick zu und nahm sich vor, sie bei zukünftigen Außeneinsätzen nicht wieder mitzunehmen. »Paul? Bei dir alles okay?«

»Ja, alles bestens.« Er grinste bemüht und hielt Harry beide Daumen entgegen.

Der hob kritisch eine Augenbraue.

Miriam hatte das *Superdings* bereits gestartet. Die offizielle Bezeichnung erschien kurz auf ihrem Monitor, dann die Eingabemaske. Sie gab die Adresse des Hotels ein, die Tatzeit war zwischen 23 und 1 Uhr am 15.09.2017, die Tatwaffe war ein scharfes Messer, genaueres prüfte die Forensik noch, aber vermutlich ein Cutter oder ein Teppichmesser. Das Opfer war eine unbekannte etwa vierzigjährige Frau mit halblangem brünettem Haar. Todesursache: Verbluten mit durchtrennter Kehle. Besonderes Merkmal: TOD IST ERLÖSUNG mit Blut an die Wand geschrieben und abgetrennte Brustwarzen, am Tatort unauffindbar. Fingerabdrücke: keine. DNS-Spuren: keine. Opfer wurde sexuell nicht missbraucht.

»Hast du alles, Miriam?«

»Ja, geht schon los. Kann aber noch etwas dauern.« Sie sah gebannt auf den Bildschirm. »Oh, das ging schnell.«

Zeile um Zeile wurde auf der Ergebnisseite hinzugefügt. Es war bereits über eine Seite lang und Miriam scrollte mit großen Augen herunter. »Diese Bestie!«, murmelte sie und starrte ungläubig auf den Monitor.

Harry und Paul eilten nervös zu ihr an den PC und sahen ihr über die Schulter. Es gab fünf Übereinstimmungen:

15.09.2009 in Frankfurt, 15.09.2011 in Freiburg, 15.09.2013 in Illertissen, 15.09.2015 in Karlsruhe. Tatorte waren immer Hotelzimmer, die Tatzeit lag jeweils zwischen 23 und 1 Uhr. Den Opfern wurden die Kehlen durchgeschnitten und die Brustwarzen entfernt. Der blutige Schriftzug war in allen Fällen gefunden worden. Die Opfer waren alle Frauen um die 40, schlank und mit großen Brüsten. Keinerlei verwertbare Spuren.

Allen drei verschlug es die Sprache. Unfassbar! Und den aktuellen Fall hatte sie noch nicht mal eingegeben. Gespenstische Stille legte sich über den Raum.

Miriam begann urplötzlich zu hyperventilieren. Sie atmete immer schneller und je mehr sie versuchte ihre Lungen mit Sauerstoff zu füllen, desto weniger Luft bekam sie. Ihr Gesicht wurde immer bleicher.

»Schnell, eine Papiertüte. Das ist eine Panikattacke!«, kreischte Paul und sah sich hektisch um. Die Angst befiel ihn wie ein wildes Tier, kroch durch seine Adern und versuchte sein Gehirn zu lähmen. Wenn Miriam etwas passieren würde …

»Ruhig Blut, Cowboy«, meinte Harry und rollte seine Tageszeitung zu einem Trichter zusammen, den er Miriam aufs Gesicht drückte. »Das ist so gut wie eine Tüte«, meinte er.

Während Miriam sich langsam wieder beruhigte, zwinkerte Harry dem selber kurz vor einer Panikattacke stehenden Paul zu.

Als Miriam den Zeitungstrichter vom Gesicht nahm, ergriff Paul besorgt ihre Hand. »Alles okay? Jetzt durch die Nase ein- und durch den Mund ausatmen. Das hilft.« Er streichelte ihre Wangen.

Leicht benommen und etwas bleich, schaute sie zu ihm hoch. »Ja, es geht wieder.« Verschämt schaute sie Harry an und bekam nun wieder etwas Farbe im Gesicht.

Harry verkniff sich all die blöden Witze, die ihm auf der Zunge lagen und unbedingt über seine Lippen kommen wollten. Stattdessen sagte er freundlich: »Du brauchst dich nicht zu entschuldigen. Ich habe so etwas auch schon erlebt. Man kann nichts dagegen machen. Es sind die Nerven, das überkommt einen plötzlich, weil das Gehirn mit einer Scheußlichkeit konfrontiert wird, die es nicht gleich rational verarbeiten kann. Dann spielt das vegetative Nervensystem verrückt.« Er sah Miriam durchdringend an. »Das ist in Ordnung. Ich kenne abgebrühte Kollegen, die bei einer besonders grausamen Tat tatsächlich noch zu weinen anfingen. Hinterher haben sie sich geschämt, aber das ist vollkommener Unsinn. Das zeigt doch nur, dass man noch in der Lage ist, Empathie und Mitgefühl zu empfinden und nicht völlig abgestumpft ist.«

Miriam sah ihn dankbar an.

»Das sind nur die Taten, die perfekt auf die Suchanfrage passen. Womöglich gibt es noch mehr Fälle, die nicht mit den passenden Parametern erfasst wurden, vielleicht hat er auch nicht immer alles exakt so gemacht, vielleicht wurde er mal gestört und hat den Schriftzug nicht geschafft oder kam nicht mehr dazu, die Brustwarzen abzuschneiden … Aber wir konzentrieren uns erst mal auf die offensichtlich identischen Taten. Damit müssten wir schon ein ganzes Stück weiterkommen. Wir müssen ihn schnappen, denn der macht weiter, wenn wir ihn nicht stoppen.« Harry erhob sich stöhnend. »Ich geh' zu Herwald und bringe ihn auf den neuesten Stand. Vielleicht brauchen wir seine Hilfe. Ihr fordert schon mal die Akten an und arbeitet euch ein. Bitte nicht kotzen«, sagte er noch grinsend und verschwand durch die Tür.

3

Leverkusen, 18.09.1990

Das Klopfen und Rufen an der Wohnungstür ließ Marcel erschreckt aufhorchen. Er hatte geschlafen und wollte nie wieder aufwachen – schlafen, einfach nur schlafen. Gleichgültig zog er sich die Decke über den Kopf und ignorierte das Klopfen. Erst als die Wohnungstür krachend aufflog, richtete er sich auf und starrte in den Flur. Schemenhafte Gestalten riefen nach ihm. Erst in diesem Moment dämmerte ihm, dass er nicht mehr allein mit seiner Mutter war. Sie sollten verschwinden …

Der Anblick, der sich den Beamten bot, ließ ihnen das Blut in den Adern gefrieren. Ein vor Angst zitternder Junge, die Decke bis zur Nase hochgezogen, saß neben seiner toten Mutter. Alles war blutgetränkt, das Blut bereits verkrustet, die Leiche am Verwesen – es stank bestialisch.

Marcels Lehrerin hatte das Jugendamt eingeschaltet, weil er seit drei Tagen dem Unterricht fern geblieben war und sie die Mutter telefonisch nicht erreichen konnte. Jetzt saß die Mitarbeiterin des

Amtes mit dem verstörten Jungen in einem Büro auf der Polizeiwache. Marcel starrte mit ausdruckslosem Gesicht vor sich hin, Tränen liefen seine Wangen hinunter. Er wurde als nicht vernehmungsfähig eingestuft und ins Krankenhaus überstellt.

Dort gab die Kinderpsychologin ihm einen Zeichenblock, in der Hoffnung, dass es sich ihr über Bilder mitteilen würde, doch Marcel rührte den Block in ihrer Anwesenheit nicht an. Als sie ihn deshalb alleine ließ, malte er immer wieder eine Frau mit überdimensionierten Brüsten und weit abstehenden Brustwarzen. Wieder und wieder flog seine Hand mit dem Buntstift über das Papier. Dann übermalte er alles in wiederkehrenden Strichen, danach in wütenden Kreisen, als wolle er das Bild aus seinem Gedächtnis löschen. Er zerfetzte es geradezu mit dem Stift, während Tränen seine Wangen hinunterliefen. Als die Psychologin zurückkam, war die Zeichnung zerfleddert und tränendurchweicht. Marcel schluchzte herzzerreißend, sagte aber weiterhin kein Wort.

Der Kinderpsychologin gelang es auch nach mehreren Wochen nicht, einen Zugang zu ihm zu finden. Sie hielt ihn allerdings nicht für psychisch krank, sondern nur für verstockt. Sie vermutete, dass er in der speziellen Situation der psychologischen Abteilung des Krankenhauses keine Besserung erzielen würde und schlug vor, ihn in eine geeignete Pflegefamilie zu geben. Mit viel Empathie und dem entsprechenden Umfeld könnte er vermutlich von dem erlittenen Trauma genesen.

Die kriminaltechnische Untersuchung hatte mittlerweile festgestellt, dass das Opfer mit einem Teppichmesser getötet wurde. Mit dem wurden vermutlich auch die Brustwarzen entfernt. Auf dem Laken fanden sich Spermareste und Haare sowie drei Zahnbürsten im Bad und die Beamten fanden schnell heraus, dass die Tote Verkehr mit verschiedenen Liebhabern hatte. Die DNS konnte niemandem zugeordnet werden, die Herren meldeten sich verständlicherweise nicht freiwillig. Lediglich die Fingerabdrücke auf der Tatwaffe konnte man identifizieren: sie gehörten Marcel. Trotzdem gingen die Ermittler von einem Beziehungsdrama aus und der Täter wurde nie ermittelt. Alle waren der einhelligen Meinung, dass der Junge den Mord beobachtet und ein psychisches Trauma erlitten hatte. Später landet die Akte als *Alt-Fall* im Archiv.

Marcel kam zu Pflegeeltern, die ihn liebevoll aufnahmen und ihm verständnisvoll die nötige Zeit gaben, sich einzuleben. Dort lebte er still und zurückgezogen. Nur langsam begann er wieder zu sprechen, meistens über alltägliche Dinge. Über Vergangenes verlor er nach wie vor kein Wort. In der Schule war er Klassenbester. Mit neunzehn macht er sein Abitur und zog in eine Studenten-WG nach Frankfurt, wo er Pharmazie studierte.

Seine ersten Versuche mit gleichaltrigen Mädchen endeten in einer Katastrophe. Wirkliche Gefühle konnte er nicht empfinden, die Vergangenheit holte ihn jedes Mal ein. Die Erkenntnis, dass er den sexuellen Höhepunkt nur erreichen konnte, wenn er tötete, erschreckte und erregte ihn zugleich. Allein von der Vorstellung bekam er eine Erektion. Und da war es: das unstillbare Verlangen, der Augenblick im Angesicht des Todes, der ihm die höchsten Höhen der Lust beschert hatte. Er sah keine Möglichkeit, jemals dieses Ziel zu erreichen. Er beschränkte sich daher auf Selbstbefriedigung zu seinen Fantasien und verzichtete auf weitere Kontakte zu Mädchen.

Doch die Dämonen verfolgten ihn weiter. Der Wunsch zu töten, um endlich richtige Befriedigung zu erlangen, wurde immer stärker. Nur der Tod würde ihm Erlösung bringen, nahm er an. Es war wie ein Geschwür, das sich in seinem Kopf eingenistet hatte und dort zu wachsen begann …

In den Folgejahren quälte ihn immer der gleiche Traum: Die versammelten Mitbewohner der WG saßen um ihn herum im Kreis, vor ihm eine schemenhafte Person, die mit dem Kopf zur Tür wies. Er wandte sich um. Im angrenzenden Zimmer lag ein Hund mit aufgequollenem Bauch, der sofort aufstand und schwanzwedelnd auf ihn zukam. Marcel packte den Schwanz des Tieres, hob ihn hoch und schüttelt ihn so lange, bis aus seinem Maul ein kleiner Hund herausfiel. Schwanzwedelnd rannte dieser auf die verschwommene Gestalt zu, sprang an dieser empor und leckte freudig erregt das schemenhafte Gesicht. Und dann erkannte Marcel das Gesicht – es war sein eigenes. Er wachte danach jedes Mal schweißgebadet auf. Jahrelang versuchte er herauszufinden, weshalb genau dieser Traum ihn immer wieder heimsuchte. Später interpretierte er ihn so: Er sollte seinen inneren Schweinehund überwinden und endlich alle Hemmungen fallen lassen. Nur so könne er sein Ziel erreichen, diesen einen Moment, den Gipfel höchsten sexuellen Lustgewinns.

Dieser Gedanke schwelte in ihm, manifestierte sich schließlich und harrte endlich der Ausführung. Aber erst musste er sein Studium beenden und sich eine soziale Basis schaffen, um diesen Wunsch realisieren zu können.

Nach seinem Studium und der Doktorarbeit bekam er eine gut dotierte Stelle in der Forschungsabteilung eines Frankfurter Chemiekonzerns und zog um.

***

Frankfurt, Frühjahr 2009

Das gemietete Einfamilienhaus in bester Wohnlage, umgeben von einer Gartenmauer, stand etwas eingerückt hinter einer hohen Hecke versteckt. Von der angebauten Terrasse konnte man auf den Garten sehen. Ein kleiner Gartenteich inmitten gepflegten Rasens und Sträuchern, in denen Vögel umherhuschten, schufen eine Idylle, die so gar nicht zu Marcels Gedanken passte. Es war sein erstes Jahr im Konzern und schnell hatte er sich einen Namen in der Forschungsabteilung gemacht. Er interessierte sich für exotische Pflanzen zur Drogengewinnung und ein neues Medikament befand sich in der Anfangsphase der Entwicklung, an dem er maßgeblich beteiligt war.

Abwesend starrte er auf den Fernseher, in dem irgendeine dieser hirnlosen Soaps lief. Seine Gedanken drehten sich nur um eines: Wie sollte er die auf der Couch liegende Leiche beseitigen? Er hatte es das erste Mal getan. Die Dämonen, die ihn seit dem Tod seiner Mutter nicht mehr losließen und sein unstillbares Verlangen immer wieder befeuerten, hatten die Oberhand gewonnen. All die Jahre hatte er dagegen angekämpft – vergebens. Der Wunsch nach sexueller Befriedigung im Angesicht des Todes und die Schuld, die er auf sich geladen hatte, standen im Widerspruch zu seinem Bedürfnis nach Erlösung. Wie konnte das nur passieren? Er hatte sie im Augenblick ihres Höhepunktes erwürgt. Der Anblick ihrer schreckgeweiteten Augen, die heftige Gegenwehr und das Röcheln, als sie ihr Leben aushauchte, hatten ihn in Panik versetzt, aber schließlich hatte sie still dagelegen. Die Befriedigung, die er sich erhofft hatte, und die anschließende Erlösung waren ausgeblieben.

Langsam reifte in ihm die Erkenntnis, dass er einen anderen Weg einschlagen musste: Es musste genauso sein wie beim ersten Mal – genauso! Sein Blick wanderte hinaus in den Garten. Eine Rasenfläche mit einem schönen Blumenbeet darauf, das würde sicher gut aussehen.

4

19. September 2017

Der Tag war nicht besser als der vorherige: trüb und regnerisch, man würde keinen Hund vor die Tür jagen. Miriam und Paul waren bereits früh im Büro. Sie waren gestern nicht mehr allzu weit gekommen. Das lag weniger an ihrem Kater als vielmehr daran, dass Miriam von dem Fall unerwartet stark betroffen war. Paul vermutete, dass das an ihrem etwas unglücklichen Einstieg bei der Tatortbesichtigung lag. Eine andere Möglichkeit war die Aktualität – normalerweise konnten sie ihre Fälle etwas abstrakter sehen, fast schon wie im Geschichtsunterricht, wo auch die schlimmsten Massaker eben nur noch *Geschichte* waren. Ein *frischer* Mord war für Miriam immer noch ungewohnt, auch wenn sie es bei ihren früheren Fällen durchaus mit neuen Morden zu tun bekommen hatten, aber das ergab sich immer erst im Laufe der Ermittlungen und war nie der Anfang eines Falles.

Sie hatten darüber gesprochen, wie Miriam eine emotionale Distanz wahren konnte. Paul wollte sie zukünftig vor solchen Einsätzen bewahren. Ihr war bewusst, dass es sich in diesem Fall um eine Ausnahme handelte, da ihr Dezernat eigentlich nur Alt-Fälle bearbeitete.

Harry stürmte durch die Bürotür. Etwas außer Atem keucht er: »Sorry, war noch mal bei Herwald. Guten Morgen allerseits. Können wir?« Er zog seine Jacke aus und warf sich in seinen Stuhl.

»Also … wir haben noch nicht viel. Miriam geht die Sache ziemlich an die Nieren und wir haben gestern daran arbeiten müssen, wie sie die nötige Distanz wahren kann«, meinte Paul.

»Es wird schon gehen. Es ist ja mein Job, auch solche Erfahrungen zu sammeln«, sagte sie schnell.

Harry mochte Miriam. Sie war ihm als Mensch und Kollegin ans Herz gewachsen. »Schön, dass du die Sache jetzt als Fall betrachten kannst. Unser Job ist nun mal der Tod und die Täter … mitunter ziemlich übel. Unsere Aufgabe ist es, den Toten Gerechtigkeit widerfahren zu lassen, dafür müssen wir eben im Dreck wühlen. Du musst dir einen Schutzpanzer zulegen. Aber langsam. Keiner drängt dich. Zum nächsten Tatort kommst du erst mal nicht mit.« Harry nickte ihr zu.

Sie sah ihn dankbar an.

»Also, ihr seid nicht weit gekommen … Was habt ihr?«

Paul räusperte sich. »Der erste Mord oder zumindest die erste Tat, die nicht zwangsläufig ein Mord gewesen sein muss, fehlt in der bisherigen Liste. Da konnte auch … das Superdings«, er hüstelte, »nicht weiterhelfen. Vielleicht war es ein Unglücksfall oder so. Es liegt bestimmt lange zurück. Das war der Keim des Wahnsinns, der sich daraus entwickelte. Dann steigt der Druck und mit ihm der Wunsch zu töten, die ursprüngliche Tat oder das Geschehen oder was auch immer zu wiederholen. Es muss dem Täter etwas bringen, die Erfüllung einer Sehnsucht oder so. Vielleicht hat es was mit Sex zu tun oder kindlicher Eifersucht. Hass auf Frauen oder Machtausübung schließe ich aus. Aber da gibt es unendlich viele Möglichkeiten.«

»Auf was begründest du diese Vermutungen?«, fragte Harry.

»Das ist ehrlich gesagt rein aus dem Bauch heraus zusammengeschustert. Trotzdem bin ich mir sicher, dass dieses rituelle Vorgehen auf ein gravierendes Trauma in der Kindheit zurückzuführen ist. Warum schreibt er – ich gehe mal davon aus, dass es ein Mann ist – *Tod ist Erlösung*? Wen will er erlösen? Sein Opfer? Sich selbst? Und wenn sich selbst, wie ist es gemeint? Erfährt er Erlösung durch den Tod des Opfers oder sucht er Erlösung von seinem Zwang durch seinen eigenen Tod? Die

Opfer waren ganz normale Frauen. Meistens intelligent, sozial gut dastehend, also keine Prostituierten oder Obdachlose, die ja oft Ziel von Serientätern werden. Hier liegt ein anders Schema zugrunde.«

»Du meinst, er mordet ausschließlich, um sein Trauma aufzuarbeiten?«, fragte Miriam.

Harry unterbrach: »Nein, da muss noch mehr sein. Ich kann es nicht richtig fassen, aber deine Erklärung reicht mir nicht. Da die Morde immer am fünfzehnten September stattfinden, weist das auf ein Datum hin, das man einem speziellen Ereignis zuordnen muss. Wir müssen wirklich ganz tief graben. Dieses Datum ist für ihn relevant. Wenn es aber so wichtig ist, warum lässt er dann jeweils ein Jahr vergehen? Steckt ein System dahinter oder zieht er immer in eine andere Stadt, um nicht aufzufliegen? Haben die Orte etwas mit dem Trauma oder seinem Beruf zu tun?«

Es war frustrierend, mit so wenigen Fakten zu ermitteln, aber gerade das weckte Harrys Ehrgeiz. Schließlich war ihr Dezernat gegründet worden, um da weiterzumachen, wo die Kollegen von der Mordkommission scheiterten.

Miriam hatte bisher nur nachdenklich genickt. Nun sagte sie: »Wir müssen zurück zum Anfang. Es fehlt ein Indiz in den Akten. Da wurde etwas nicht in die Datenbank vom Superdings eingegeben, vermute ich, weil in irgendeiner Polizeidienststelle jemand geschlafen hat.« Etwas beschämt schaute sie die beiden an. Kollegen der Unfähigkeit zu bezichtigen, war nicht gerade die feine englische Art.

»Das ist natürlich nicht auszuschließen. Wir sollten unsere Ermittlungen ausdehnen. Mit den vorliegenden Informationen kommen wir jedenfalls nicht weiter«, brummte Harry. »Das drücke ich jetzt Herwald aufs Auge.« Er sprang auf. »Bin gleich zurück.«

Nachdem er Herwald kurz erklärt hatte, wie sie den Fall einschätzten, saßen sie eine Weile schweigend da.

»Ein Serienmörder. Das hat mir jetzt wirklich noch gefehlt. Für so was haben wir hier eigentlich gar keine Zeit. Ob ich das an eine der anderen Dienststellen zurückgeben kann, bei denen es zuerst Tote gab?«

»Das kann ich dir auch nicht sagen, aber im Moment ist der Täter in Berlin und deshalb würde die Sache ja ohnehin zu uns zurückkommen. Außer …«

»Ja?«

»Nee, unserer Theorie nach wäre der nächste Mord erst in einem Jahr fällig. In einer anderen Stadt. Aber bis dahin …«

Herwald stöhnte. »Ich wäre wirklich dankbar, wenn ihr da dranbleiben könntet, bis es etwas Greifbares gibt.«

»Deshalb bin ich hergekommen. Wir vermuten, dass etwas nicht in die Datenbank eingetragen wurde, was uns jetzt fehlt. Da brauche ich deine Hilfe. Mir ist das etwas peinlich, weil ich Oskar vor ein paar Monaten versprochen habe, ihn nicht mehr damit zu belästigen. Könntest also du ihn bitten, ein Rundschreiben an alle LKAs zu schicken, mit allen relevanten Daten, um es dann an die jeweiligen Landespolizeidirektionen weiterzuleiten? Vielleicht erinnert sich jemand an einen ähnlichen Fall, das sind schließlich markante Fakten, die man nicht so leicht vergisst.«

»Ob Oskar da mitmacht, bezweifle ich.« Er kratzte sich am Kopf. »Und was macht dich da so sicher?«

»Weil der Killer irgendwann mal angefangen hat, aber sicher nicht als Profi. Mindestens der erste Mord, wenn nicht mehr, waren schlechter ausgeführt, schludriger, womöglich finden sich da sogar Spuren. Und genau da müssen wir den Hebel ansetzen. Vermutlich liegt das Jahrzehnte zurück, hat weniger oder gar keine Ähnlichkeit mit dem aktuellen Fall, aber genau da müssen wir ansetzen.«

»Also gut, ich rede mit Oskar. Du kennst ihn ja, wenn man ihn nicht informiert, kann er ganz schön sauer werden.«

Harry verdrehte grinsend die Augen. Er kannte die Macken seines Chefs nur zu gut. »Ich danke dir. Wenn ich neue Erkenntnisse habe, informiere ich dich sofort. Versprochen.«

Zurück in seinem eigenen Büro besprach Harry die aktuelle Lage mit seinen beiden Kollegen. Da sie einstweilen nicht viel mehr tun konnten, als darauf zu warten, dass ihnen weitere Informationen zugingen, widmeten sie sich wieder dem üblichen Studium des Archivmaterials, um andere Fälle zu finden, deren Überprüfung sinnvoll schien.

***

Den Abend verbrachte Harry mit seiner Ex-Freundin Elke. Sie waren kein Paar mehr, aber hatten manchmal noch Sex. Miteinander ging nicht und ohne auch nicht. Die Trennung fiel in eine Zeit, als Harry noch im Dezernat für organisiertes Verbrechen arbeitete. Selten zu Hause, stand er damals ständig unter Strom. Nie wusste sie, wann er nach Hause kam oder ob ihm etwas zugestoßen war. Sie musste hilflos zusehen, wie Harry auf einen Burn-out zusteuerte und litt unter der Gesamtsituation. Obwohl sie ihn liebte, entschlossen sie sich zur Trennung. Harry fiel daraufhin in ein tiefes Loch, arbeitete noch verbissener und begann zu trinken. Der Freund seines Vaters, Polizeipräsident Ernst Habermann, rief daraufhin das Sonderdezernat für unaufgeklärte Mordfälle ins Leben und übertrug Harry die Leitung, was diesem mehr oder weniger das Leben rettete.

Die Beziehung zu Elke war mehr als nur eine Zweckgemeinschaft. Wann immer einer von ihnen das Bedürfnis nach Nähe empfand, trafen sie sich, unternahmen etwas und/oder verbrachten die Nächte zusammen. Alles beruhte auf Ehrlichkeit und Freizügigkeit, kein Klammern oder Verbindlichkeiten. Man traf sich, trennte sich und trotzdem war einer für den anderen da. Für die große Liebe reichte es wohl nicht mehr, aber auf jeden Fall für aufrichtige Gefühle, besonders wenn es einem von beiden emotional schlecht ging.

Seit ihrer Trennung war keiner von beiden mehr eine feste Bindung eingegangen.

***

Leverkusen 19.09.2017

Am Dienstagmorgen hielt Otmar Erlinghaus, Kriminalhauptkommissar und altgedienter Polizist, das Rundschreiben aus Berlin in der Hand. Er starrte darauf und die Buchstaben begannen vor seinen Augen leicht zu flimmern. Aus den Tiefen seiner Erinnerungen kroch wieder dieses bleiche Gesicht empor: der Junge, den man neben seiner toten Mutter aufgefunden hatte. Mein Gott! Das war eine Ewigkeit her …

Erlinghaus hatte damals die Ermittlungen geleitet. Er erinnerte sich auch an die Diskussion, ob womöglich kein mysteriöser Unbekannter, sondern der Junge seine Mutter getötet hatte. Freilich hatten sie jede Menge DNS von einem Erwachsenen gefunden, aber … Sie hatten sich dann aber dagegen entschieden, den Jungen anzuklagen, er war erst zwölf, die Kinderpsychologin hatte ihn nicht als möglichen Täter beschrieben, sie konnte es nicht beweisen und letztlich wollte absolut niemand ernsthaft in Erwägung ziehen, dass ein Kind so eine Tat begehen konnte. Bei dem Gedanken, durch ihre damalige Zurückhaltung einen Serienmörder gedeckt zu haben, wurde ihm schlecht und sein Magen begann zu rebellieren.

Ein weiteres Mal überflog er das Rundschreiben. Vielleicht hatte er jetzt die Chance, das wieder gutzumachen.

Im Archiv roch es muffig und die Beleuchtung ließ zu wünschen übrig. Bei jeder Akte, die er aus den Regalen zog, kitzelte der aufgewirbelte Staub seine Nase. Er musste eine Weile suchen, denn irgendjemand hatte die Akte zu den gelösten Fällen gelegt, warum auch immer:

Carmen Reitmeier, geboren am 15.09.1950, gestorben am 15.09.1990. An ihrem Geburtstag ermordet. Er schüttelte den Kopf und überflog den Inhalt. Auch dieses Mal befiel ihn das grausige Gefühl, dass der Junge der Täter war.

***

Während Harry und Miriam routiniert die alten Akten nach neuen Fällen durchsuchten, saß Paul in sich gekehrt an seinem Schreibtisch und grübelte darüber nach, welches Motiv hinter dem Ritual des Serienmörders stecken mochte. – Er kämpfte dagegen an, ihn in seinen Gedanken den *Nippel-Killer* zu nennen, das war einfach geschmacklos, aber leider sehr naheliegend. Pauls Gedanken drehten sich im Kreis: Kehle durchschneiden, ja, üblich bei rituellen Tötungen, blutige Wandkritzeleien, ja, spätestens seit einigen einschlägigen Filmen eine beliebte Ausdrucksform. Aber das Entfernen der Brustwarzen passte in kein Schema. Warum, zum Teufel, machte er das? Gab es eine sexuelle Komponente? Vielleicht einen Missbrauch? Das würde passen. Aber warum die Brustwarzen? Wofür standen sie? Was symbolisierten sie für den Täter? Oder … was wollte der Täter damit symbolisieren? Waren sie vielleicht nur Zeichen? Wie Buchstaben? Nein, das ergab keinen Sinn.

Das Klingeln des Telefons riss Paul aus seinen Gedanken.

»Nitzer!«, meldete sich Harry.

»Erlinghaus, Polizeidirektion Leverkusen. Spreche ich mit dem leitenden Kollegen, der das Rundschreiben veranlasst hat?«

»Ja, der bin ich. Haben Sie etwas für uns?«

»Ich denke schon. Die Indizien stimmen mit einem Fall aus dem Jahre 1990 überein.«

Harry schaltete den Lautsprecher ein. »Nur zu. Die Kollegen hören mit. Wir sind ganz Ohr.«

Erlinghaus räusperte sich. »Der Fall wurde damals zu den Akten gelegt, weil wir keinen Täter ermitteln konnten. Ein Junge war bei seiner toten Mutter gefunden worden. Kehle durchgeschnitten, Brustwarzen entfernt. Passt alles auf ihren Fall.«

»Der Junge?«

»Wir kamen zu dem Schluss, dass er es nicht gewesen sein … durfte. Also die Staatsanwaltschaft wollte ihn nicht anklagen, zu dünne Beweislage, ein Zwölfjähriger als Mörder seiner Mutter … das war alles total irre. Jeder war froh, als der Fall für erledigt erklärt wurde. Täter unbekannt. Wenn ich heute so darüber nachdenke, haben wir es uns damals womöglich zu leicht gemacht.«

Harry verkniff sich eine bissige Bemerkung und warf den anderen beiden warnende Blicke zu. Er legte sich den Finger an die Lippen. »Man sieht mit etwas Abstand vieles anders«, meinte Harry versöhnlich. »Was denken Sie heute darüber?«

»Ich glaube, der Junge wurde von seiner Mutter sexuell missbraucht. An ihrem Geburtstag setzte er dem Ganzen ein Ende, schnitt ihr die Kehle durch, trennte die Brustwarzen ab und spülte sie im Klo runter. Warum, spielt keine Rolle. Wir haben aber nie im Klo gesucht, dachten, die Brustwarzen wären vom Mörder als Trophäen mitgenommen worden, dabei waren sie vielleicht einfach nur verhasst.«

»Das stürzt den Knaben in einen seelischen Konflikt und führt zu einem seelischen Trauma, aus dem er sich nicht befreien kann«, sagte Paul laut. »Er sucht zunächst Kompensation, dann wird es zur

Obsession und schließlich beginnt er zu morden. Das würde passen.«

»Herr Erlinghaus, ich danke Ihnen. Das dürfte die Lösung des Falles sein. Schicken Sie uns bitte die Akte umgehend zu. Aber eins noch vorab: Haben wir die aktuelle Adresse des Jungen?«

»Er heißt Marcel Reitmeier. Er kam erst in eine psychiatrische Einrichtung und dann zu einer Pflegefamilie. Wir haben auch seine Fingerabdrücke in den Akten, die waren auf dem Teppichmesser.«

Harry fuhr sich mit der Hand über die Augen. Die Fingerabdrücke des Jungen auf der Tatwaffe und die ließen den laufen. Verfluchte Provinz! »Was ist aus dem Jungen geworden? Hat man das weiterverfolgt?«

»Die Pflegeeltern leben noch, ich habe vorhin schon mit ihnen telefoniert. Der Junge verschwand nach dem Abitur. Mehr wissen sie auch nicht.«

Harry bedankte sich noch mal ausführlich und versicherte dem Kollegen, das Richtige getan zu haben. Sie konnten damals ja nicht ahnen, dass der Junge ein irrer Killer war. Erlinghaus versprach, die wichtigsten Fakten sofort per E-Mail zu schicken, die Akte kam dann später auf dem üblichen Weg.

Als er aufgelegt hatte, sah er die beiden anderen verzweifelt an: »Hat man Töne?«

Paul schluckte: »Ich hätte mir auch nicht vorstellen können, dass …«

»Ja, aber einfach so für erledigt erklären? Und dann nicht mal in die Datenbank eintragen?«

Miriam war schon wieder den Tränen nahe. »Was muss der Junge durchgemacht haben, dass er so eine Tat beging?«

»Der kleine Junge von damals ist tot. Wir haben es jetzt mit einem erwachsenen Serienkiller zu tun. Vergiss das nie! Hörst du? Nie!«, sagte Harry entschieden. »Mach dich auf die Suche nach Marcel Reitmeier.« Er sah auf seinen Monitor. »Die E-Mail ist da, mit den Adressen und Geburtsdaten. Auf geht's!«

5

Frankfurt, 15.09.2009

Es war bereits Marcels fünftes Speed-Dating. Dieses Event war keines von denen, wie sie in den Dating-Portalen zu Dutzenden angeboten wurden: Hier war eher die gehobene Schicht anzutreffen, in der Regel Manager, Ärzte, Unternehmer und andere Menschen in gehobenen Positionen, der Begriff *Speed-Dating* diente nur dem Marketing. Die Klientel hatte eines gemein: keine Zeit für eine lange und aufreibende Partnersuche. Darunter waren auch Damen, die lediglich eine kurze Bekanntschaft oder einen One-Night-Stand suchten. Das Ambiente war gediegen und die Atmosphäre auf Ungezwungenheit ausgerichtet. Die Tische in dem kleinen Saal waren gut besetzt und mit Telefonen ausgestattet. Wollte man in Kontakt treten, griff man zum Hörer und kam mit dem erwählten Partner ins Gespräch.

Es gab einen deutlichen Überhang an Damen, die sich im Outfit gegenseitig zu übertrumpfen versuchten. Eine geballte Ladung an Hoffnungen, unerfüllten Wünschen und Sehnsüchten; Träume suchten nach Erfüllung, auch die seinen.

Zwei Tische weiter hatte er sich jemanden ausgeguckt: Ende dreißig, brünett, schlank und mit großer Oberweite. Er griff zum Telefonhörer. Schnell kamen sie ins Gespräch und er wurde an ihren Tisch gebeten. Carola, medizinisch-technische Assistentin in einem Zahnlabor, suchte das schnelle Abenteuer. Der Abend verlief harmonisch, also ließ sie sich bereitwillig von ihm in das zuvor gebuchte Hotelzimmer abschleppen. Er hatte schon am Vortag alles ausgekundschaftet, bevor er das Zimmer hinlänglich verkleidet im Voraus bezahlte und den Schlüssel mitnahm.

Wie erwartet, war der Empfang unbesetzt. Nachts war nur eine Hilfskraft eingestellt, die ausschließlich auf Klingeln reagierte. Unbemerkt erreichten die beiden das Zimmer im ersten Stock. Er hielt ihr höflich die Tür auf und ließ sie eintreten. Als er die Tür hinter sich geschlossen hatte, drehte sie sich zu ihm um und fiel ihm um den Hals. Den kurzen Stich in ihren Nacken bemerkte sie fast nicht, da sackte sie bereits bewusstlos in sich zusammen. Er fing sie auf und schleppte sie zum Bett. Dann zog er sich um.

In einen Ganzkörperanzug gekleidet, wie ihn Beamte der Spurensicherung benutzen, um den Tatort nicht zu kontaminieren, wischte er zunächst sorgfältig ihr Gesicht und ihre Hände mit einem alkoholgetränkten Tuch ab, dann bearbeitete er ihre gesamte Kleidung mit einer Fusselrolle. Die einzelnen Klebestreifen und Wischtücher steckte er in einen bereitgelegten Müllbeutel. Schließlich zog er noch eine zusätzliche Gesichtsmaske über und setzte eine Schutzbrille auf.

Endlich war es soweit: Beinahe andächtig entkleidete er die Frau, brachte den schlaffen Körper in Position und legte sich dann neben sie. In der Hand hielt er ein Teppichmesser, genau wie damals. Er kuschelte sich an sie und schon kam wieder dieses Gefühl in ihm hoch, das er vor beinahe 20 Jahren das erste Mal verspürt hatte. Erregung und Vorfreude auf das Kommende ließen sein Glied anschwellen und seine Hormone Purzelbäume schlagen. Gleich ... *Du wirst mich befreien* ... Durch den Anzug hindurch bearbeitete er seinen Penis. Auf dem Höhepunkt zog er mit einem glatten Schnitt das Messer über ihren Hals. Endlich ... *Frei, endlich frei!* Nach all den Jahren der Mühen und Qualen, die seine Seele gepeinigt hatten, vereinigten sich Tod und Lust zu einem ekstatischen Ganzen und befreiten ihn von den Fesseln seiner Kindheit. Die Bürde der Erinnerung, die Qual des Erlebten ... Es war die endgültige Befreiung von seiner Mutter, ihren Brüsten, ihren Nippeln, die wie Lanzen in seine Seele stachen. Diese Monster-Nippel, wie hatte er sie gehasst, diese Werkzeuge der Unterdrückung. In diesem Augenblick fühlte er sich frei.

Als seine Erregung abgeklungen war, schnitt er ihre Brustwarzen ab, ging zur Toilette und spülte sie hinunter. Dann holte er den Pinsel, den er mitgebracht hatte, und tauchte ihn in die kleine Lache, die sich in der Halskuhle der Toten gebildet hatte …

Ein letztes Mal drehte er sich um und blickte auf die Wand über dem Bett: *TOD IST ERLÖSUNG*. Er nickte, die Tote würdigte er keines Blickes mehr.

Er nahm die kleine Reisetasche, in die er den gefüllten Müllbeutel mit allen blutbesudelten Utensilien gestopft hatte, öffnete die Tür mit einem Taschentuch, zog sie leise hinter sich zu und ging.

Den Schlüssel legte er leise auf den Tresen, als er am unbesetzten Empfang vorbeikam. Unbemerkt wurde er vom heraufziehenden Morgengrauen aufgenommen.

6

19. September 2017

»Das ist er. Eindeutig«, sagte Harry, als er die E-Mail von Erlinghaus gelesen hatte. »Er mordet am Geburtstag seiner Mutter, der auch ihr Todestag ist.«

»Sehe ich auch so«, grunzte Paul und suchte nach anderen Hinweisen, die sich aus den Daten ableiten ließen. »Er soll als Kind sehr intelligent gewesen sein. Könnte mir sogar vorstellen, dass er Medizin studiert hat. Würde zu den Mordausführungen und den Brustwarzenresektionen passen.«

»Ich werde mal Herwald anrufen«, meinte Harry und griff zum Telefon. »Herwald? Harry hier. Ich würde gerne mit dem Pathologen sprechen. Ich kann mir beim besten Willen nicht vorstellen, dass so ein Mord absolut keine Spuren hinterlässt.«

»Edwin Mahler ist zuständig. Aber das steht alles in der Akte, die ich dir gegeben habe. Fauler Sack. Da kannst du ruhig mal selber reingucken.«

Harry brummte etwas von *verlegt* und legte hastig auf.

Mahler war ein richtiges Original, eins achtzig groß, mit Glatze und einem von Wind und Wetter gegerbten stoppeligen Gesicht. Wenn er einen ansah, hatte man das Gefühl, als würde man bei lebendigem Leib seziert. Auf dem zweiten Blick lachte er meistens. Harry kannte ihn nur in seinem grünen Kittel, umgeben von gekachelten Wänden und Edelstahltischen. Er mochte seine burschikose, oft zynische Art und den Humor, die über seine Qualitäten als Pathologe hinwegtäuschten. Was Harry nie verstehen konnte, war, wie man in der Pathologie etwas essen konnte – Mahler hatte ständig irgendwas zu futtern in der Hand: eine Banane, eine Stulle, eine Zimtschnecke oder notfalls ein Bonbon.

»Anfangs habe ich mich lediglich auf den Schnitt am Hals als Todesursache konzentriert«, erklärte Maler schmatzend. Er hatte allen Ernstes ein Wiener Würstchen am Wickel, während er mit der freien Hand auf die aufgeklappte Leiche zeigte. »Sie ist natürlich verblutet. Die Blutprobe ergab zunächst keine Auffälligkeiten, aber da passte etwas nicht zusammen: Wenn man nämlich die Kehle durchgeschnitten bekommt, dann fasst man sich reflexartig an den Hals um die Wunde zuzuhalten, man würde versuchen abzuhauen – irgendetwas. Aber da waren keinerlei Spuren von Bewegung zu sehen. Siehst du?« Er zeigte auf die Tatortfotos, die er auf einem freien Seziertisch ausgebreitet hatte. »Die Hände sind zwar etwas mit Blut gespritzt und von unten durch das durchtränkte Laken benetzt, aber unter den Fingernägeln ist nichts. Die Hände sollten eigentlich völlig blutüberzogen sein, sind sie aber nicht. Wie gesagt, keine Bewegungspuren. Da auch keine Fesselungsspuren gefunden wurden, muss sie betäubt gewesen sein. Also untersuchte ich die Leiche noch mal gründlich und fand eine winzige Einstichstelle im Nacken. Geschickt gemacht, leicht zu übersehen. Ihr wurde ein Lähmungsgift gespritzt, ähnlich wie Curare. Das Perfide dabei ist, dass man bei vollem Bewusstsein bleibt, während der Körper vollkommen gelähmt ist. Bei einer erneuten Blutuntersuchung wurde das Labor fündig. Das ist kein Allerweltszeug, da war ein Profi am Werk.«

»Was ist das für ein Teufelszeug und wie kommt man an so was ran?«

»Das Gift nennt sich Gelsemii rhizoma und ist ein Alkaloid. Man bezeichnet es auch als Jasmin. Es verursacht Schwindel, Schluckbeschwerden, Zittern und Muskelstarre bis zur totalen Lähmung. Bei zu hoher Dosis führt es zum sofortigen Tod. Richtig dosiert lähmt es die Muskulatur der Extremitäten, während das Bewusstsein wach bleibt.«

»Sie war also bei vollem Bewusstsein, aber gelähmt, als er ihr die Halsschlagader durchtrennte.

Perverses Schwein!« Harry wurde bleich. Wie konnte Mahler nur in aller Seelenruhe an seinem Würstchen knabbern? Harry spürte seinen Magen in der Kehle.

»Nur Spezialisten kennen dieses Gift. Chemiker und Apotheker kämen da vielleicht ran. Nein, Apotheker eher nicht. Aber in jedem Pharmakonzern wird mit solchen Substanzen gearbeitet, insbesondere in der Forschung. Ich habe schon vieles erlebt, aber das war sogar für mich neu. Dieser Typ ist echt krank.« Er steckte sich das letzte Stück Wurst in den Mund und schluckte runter. »Ich weiß nicht warum, aber er will eindeutig, dass seine Opfer alles mitbekommen, das sieht ganz nach Bestrafung aus. – Finde ich jedenfalls. Der Augenblick des Todes ist, meines Erachtens, nur sekundär, sozusagen der unumgängliche Abschluss. Primär ist vermutlich das, was er kurz davor empfindet. Warum sonst sollte er sie bei vollem Bewusstsein halten? Aber ich bin diesbezüglich ja nur Laie.«

»Ich danke dir, Edwin«, sagte Harry mit belegter Stimme und versuchte, nicht auf das Stück Wurstpelle zu starren, dass an Mahlers Mundwinkel klebte. Ihm drängte sich ein Bild auf, in dem aus Mahlers Mundwinkel ein Nippel ragte und er ging hastig hinaus.

»Immer noch so zartbesaitet?«, rief ihm Mahler lachend hinterher.

7

Frankfurt, 2010

Der Geburtstag und die Erlösung rückten näher und er hing immer noch in Frankfurt fest. Er hatte noch keinen adäquaten Job in einer anderen Stadt gefunden, denn ein Wechsel musste für alle Beteiligten einleuchtend aussehen. Es wäre zu auffällig gewesen, hätte er für einen schlechteren Job die Stadt verlassen.

Zuerst hatte er geplant, die Erlösung in einer anderen Stadt zu zelebrieren, aber die Vorbereitungen erforderten viel Zeit und Sorgfalt, das hatte er einfach nicht hinbekommen. Nun war er bereits unter Druck und musste ein weiteres Mal mit Frankfurt vorliebnehmen. Das war unschön, aber nun nicht mehr zu ändern. Ein passendes Hotel hatte er bereits ausgespäht und in der Zeitung hatte er eine Anzeige für den *Ball der hoffnungsvollen Herzen Ü40* gefunden.

Es war Samstagabend. Marcel trug eine schwarze Perücke mit einem kurzen, zum Zopf gebundenen

Schwänzchen, dazu ein dunkelblaues Polo-Shirt und schwarze Jeans mit einer silbernen Gürtelschnalle. Er blickte gelangweilt auf die Tanzfläche. Die ersten Paare tanzten verhalten zu Klängen der Achtziger, mit dem Charme von Teenagern, die ihr Verlangen nur mühsam zu verbergen versuchten. Das Ambiente war einfach, aber gediegen, die Veranstaltung relativ gut besucht. Vereinzelt trafen sich sehnsuchtsvolle Blicke und ein kurzes Lächeln sicherte den nächsten Tanz. Er wendete seinen Blick von der Tanzfläche ab, hin zu den Tischen, an denen sich in fröhlicher Runde Gäste unterhielten. Aus dem Augenwinkel nahm er am Eingang eine Bewegung wahr. Sein Herz machte einen Sprung: Das war sie! Ihm wurde heiß im Gesicht. Er starrte sie förmlich an und sie bemerkte es. Sie lächelte. Ihre Blicke signalisierten Bereitschaft, sodass er quer über die Tanzfläche zu ihr rübermarschierte.

»Hallo, ich bin Enrico. Darf ich um diesen Tanz bitte?«

»Gerne. Ich heiße Martina.«

Er beherrschte das Spiel aus Flirt und Zurückhaltung inzwischen perfekt. Frauen, die auf eine schnelle Nummer aus waren, waren natürlich die leichtere Beute, aber für ihn war das Äußere wichtig und dafür war er bereit, regelrecht zu freien. Auch wenn es an diesem Abend schon knisterte, widerstand er dem Versuch, einen Vorstoß zu wagen, und verabredete sich am nächsten Tag mit ihr. Am Montag endlich, brachte er sie spätabends zu dem Hotel, in dem er schon seit Freitagabend für das Zimmer bezahlte, ohne es zu benutzen. Lediglich seine Tasche war schon dort …

Die Polizei erhielt eine recht vage Beschreibung des Mannes, der das Zimmer am Freitag gebucht und im Voraus bezahlt hatte. Natürlich hätte man sich den Ausweis zeigen lassen müssen, aber in der Praxis … man bedauerte das im Nachhinein mit ehrlicher Reue, denn das blutige Zimmer bedeutete eine schiere Katastrophe.

Nach vier Wochen wurde die Akte geschlossen und zu den ungelösten Fällen gelegt.

Marcel wusste, dass er so nicht mehr lange weitermachen konnte. Die Sache war längst zur Obsession geworden und wurde von Mal zu Mal drängender, das Risiko wuchs. Der Alltag verlor sich in Banalitäten und endete stets in Tristesse, wurde grau. Er kam sich vor wie eine Marionette, verrichtete monoton seine Arbeit. Einzig seine Neugierde an der Forschung blieb. Doch das Einzige, was die Tristesse auflockerte, waren seine Gedanken an das nächste Mal, diesen Moment, dieses Erlebnis …

Schuldgefühle verdrängte er. Nein, er hatte keine Schuld. Mama hatte etwas gemacht, das sich nur durch den Tod abwaschen ließ. Er wollte frei sein. Dass ihn diese Freiheit auch jedes Mal geil machte – das Einzige war, was ihn erregte – war ja schließlich nicht seine Schuld. Tief in ihm drin war eine leise Stimme, die darauf hinwies, dass das alles nicht richtig war, doch die sexuelle Gier und Erregung waren stärker, fanden für jegliche Skrupel Ausreden und werteten hemmungslos alles um, was nicht passte. Sämtliche Versuche ganz normalen Sex zu haben, waren kläglich gescheitert und es gab daher nur dieses eine Ventil.

Doch, er würde diesen Weg weitergehen, mit allen dazugehörigen Konsequenzen …

8

22. September 2017

Miriam hatte Marcels bisherigen Lebensweg weitestgehend lückenlos zurückverfolgen können – wo er polizeilich gemeldet war, wo er jeweils gearbeitet hatte und wo er heute wohnte.

Paul zerbrach sich noch immer den Kopf über das Motiv. Ihm fehlten jedoch entscheidende Informationen und er trat auf der Stelle. Man konnte die Spannung in dem kleinen Büro förmlich spüren, den Ehrgeiz und den Willen, alles herauszufinden, was den Täter überführen könnte. Seit Tagen trugen sie Fakten zusammen, aber Beweise hatten sie noch nicht.

Mit gemischten Gefühlen ging das Team schließlich ins Wochenende. Niemals hätte Harry es für möglich gehalten, dass ihn ein Fall emotional so berühren würde. Beim organisierten Verbrechen gab es Fälle, bei denen er immer wieder mit der Ermordung von Menschen zu tun hatte, in den meisten Fällen waren die Opfer aus dem Milieu. Drogen, Prostitution, Bandenkriege – all das gehörte zum Sumpf des Verbrechens. Aber so ein irrer Psychopath war eine ganz andere Sache, da fehlte ihm einfach die Ratio. Sich in die Seele eines traumatisierten Individuums zu versetzen, das überforderte ihn immer noch. Milieu und Bandenkriege waren etwas, was man einigermaßen nachvollziehen konnte, es ging um handfeste Dinge wie Geld, Macht, strategische Entscheidungen und manchmal auch Exempel, die aus politischen Gründen statuiert werden mussten. Alles innerhalb berechenbarer Parameter. Aber hier war jemand am Werk, dessen Gehirn eine ganz eigene Logik entwickelt hatte, für Außenstehende nicht greifbar.

Harry schüttelte den Kopf und rieb sich die Augen. Das organisierte Verbrechen wurde fast wie ein eigener Wirtschaftszweig behandelt, so wurde es auch in der Bevölkerung wahrgenommen, gelangweilt, praktisch als akzeptierter Teil der Gesellschaft. Man nahm daran teil, wenn man sich Sex kaufte oder Drogen, bewegte sich im Milieu, weil es etwas prickelte und tat es meistens als verrucht aber harmlos ab. Aber bei einem unberechenbaren Sexualmörder, da schlugen die Emotionen hoch, das war wild und aufregend. Jedes Mal, wenn man in den Medien mit so einer Irrationalität konfrontiert wurde, egal wie schlimm, wurde die Information begierig konsumiert. Nach kurzer Zeit versank es dann in Vergessenheit und wurde es erneut hochgespült, hieß es nur noch: *Ach ja, da war doch was.* Schon wieder langweilig – bis die Medien eine neue Tat melden. Die Sensationslust des Bürgers wurde stets mit neuem Stoff bedient. Kaum war ein Schrecken vorbei, wurde bereits begierig der nächste betrachtet.

Für Harry war das Konsumverhalten der Leute egal, für ihn war ein solcher Mord keine kurzlebige Information, keine Eintagsfliege, sondern das grausame Ende eines Menschenlebens, eine ruchlose Tat, die gesühnt werden musste. Er wollte den Killer unbedingt fassen, bevor er ein weiteres Mal zuschlagen würde. Doch dieses Wochenende wollte er ausspannen, einen draufmachen und diesen ganzen menschlichen Müll vergessen. Er hatte ja fast ein ganzes Jahr Zeit, bis der Irre wieder zuschlagen würde.

9

Illertissen, 2012

Der Umzug war problemlos verlaufen. Der neue Job und das kleine Einfamilienhaus entsprachen Marcels Vorstellungen.

Sie saßen auf der Terrasse. Der betörende Duft von Jasmin, der die Pergola einfasste und Schatten spendete, zauberte eine Atmosphäre, die wie geschaffen war für Verliebte. Die untergehende Sonne begann den Himmel in ein feuriges Rot zu tauchen und verdrängte die Hitze des Tages. Sein Blick schweifte über den von Büschen umrahmten Garten und blieb an der Amsel hängen, die auf dem gepflegten Rasen in einem verzweifelten Kraftakt versuchte, den sich wehrenden Regenwurm aus dem Boden zu ziehen. Er war lang und beinahe kippte sie hinten über.

Marcels mitleidloses Lächeln wurde von Elvira falsch interpretiert. Ihr glockenhelles Lachen war ansteckend. Für ihre 38 Jahre sah sie gut aus, mit ihren bis auf die Schultern fallenden schwarzen Haaren und dem sonnengebräunten Gesicht, aus dem ihre frechen Augen blitzten. Ihr eng anliegendes Sommerkleid betonte nicht nur ihre aufregende Figur, sondern besonders den üppigen Busen.

Sie hatten sich auf einer Tagung kennengelernt und für heute verabredet. Er schenkte nach und prostete Elvira mit einem 2008er Beaujolais zu.

»Du weißt schon, wenn man sich beim Zuprosten nicht in die Augen schaut, hat man sieben Jahre schlechten Sex«, sagte sie grinsend.

Sie zwang Marcel geradezu, ihr in die Augen zu blicken. Sie war hübsch und erfüllte seine Erwartungen nahezu perfekt.

Er sah wieder zu dem Vogel auf dem Rasen und plötzlich überkam es ihn: Der Tod! Da war er wieder … in Form eines Regenwurms, der von einer Amsel in trivialer Weise Erlösung erfuhr. Die Amsel befriedigte lediglich ihr elementares Bedürfnis den Hunger zu stillen, mehr nicht. Wie armselig. Er jedoch würde aufsteigen in die höchsten Höhen der Lust, in eine Ekstase, die mit nichts anderem zu vergleichen war. Nur er allein war dazu in der Lage. Er fürchtete den Tod nicht, nicht mehr. Nicht mal den eigenen.

»Marcel … Was denkst du gerade? Du bist so weit weg. Ist etwas nicht in Ordnung?« Sie klang leicht belustigt, aber auch etwas gekränkt.

»Bitte entschuldige, ich dachte nur … wie schön es mit uns werden könnte, wenn …«

»Du kannst es wohl nicht erwarten, mhh?« Ihr laszives Lächeln und ihr Blick sagten ihm, dass sie bereit war. Sie würde sich ihm hingeben – freiwillig. Aber das war es nicht, was er wollte. Zu lange schon hatte er gewartet. Und jetzt wartete er wieder. Nervös. Genervt. Die Droge müsste längst wirken …

»Mir ist etwas kalt. Wollen wir reingehen?«

Ihre Stimme zitterte. Wurde ihre Zunge schon etwas schwer? Die Augen begannen sich zu trüben, wurden glasig. Als sie aufstand, schwankte sie.

»Ich glaube, der Wein ist mir etwas zu Kopf gestiegen«, sagte sie, nun schon deutlich schwerfälliger.

Er stand auf, griff ihr unter die Arme und half ihr hoch. »Es ist vielleicht besser, du legst dich erst mal hin.«

Er führte sie ins Haus, durchs Wohnzimmer und ins Gästezimmer, das er bereits vorbereitet hatte. Behutsam legte er sie aufs Bett. Danach räumte er das Geschirr ab und brachte es in die Küche. Sorgfältig spülte er die Gläser.

Versonnen dachte er an das letzte Jahr. Freiburg. Es war schön gewesen. Er hatte sich sehr wohl gefühlt danach. Seine Sorgen, dass man ihn erwischen könnte, hatten sich gelegt und er konnte es wirklich genießen. Endlich. Wahre Freiheit. Nichts und niemand stand ihm im Weg. Und heute? Noch besser! Er würde zu Hause Sex haben. Wie sich das gehörte.

Sie lag auf dem Rücken und sah die Decke über sich. Sie konnte die Augen nicht bewegen, nicht mal blinzeln. Sie hörte ihren Herzschlag, spürte ihre Atmung, aber ansonsten konnte sie keinen Muskel bewegen, nicht rufen – nicht mal stöhnen. Kein Laut kam über ihre Lippen. Was war mit ihr los? Hatte sie einen Schlaganfall?

Sie hörte Schritte. Kurz änderte sich die Beleuchtungsintensität an der Decke, nur ganz schwach. War das Marcel? Er beugte sich über sie, sie konnte sehen, dass er sie ansah. Er musste doch merken, was mit ihr los war. Rief er denn keinen Krankenwagen? Sie spürte, dass er sich an ihr zu schaffen machte. Zog er sie etwa aus? *Oh Gott! Er hat mir was in den Wein getan!* Schlagartig wurde ihr klar, was gerade geschah. Er schwang sich auf sie, kniete über ihr, sah ihr lüstern grinsend in die starren Augen. Er sagte kein Wort, sondern legte nur die Hände um ihren Hals. Ganz langsam drückte er ihr die Luft ab und sie konnte es nicht fassen, dass ihr nicht mal im Todeskampf irgendeine Bewegung gelingen wollte. Nichts. Sie lag da, als

wäre sie schon tot. Der Tod war lediglich der for-
melle Abschluss. Sie konnte sich denken, warum er
plötzlich nur noch mit einer Hand zudrückte, aber
sie dachte lieber an etwas Schönes. Woran? An …
nichts …

***

Marcel saß auf der Terrasse und nippte an seinem
Roibusch-Tee. Sein Blick wanderte über die frisch
angelegte Blumenrabatte. Tagetes und Löwenmäul-
chen außen herum, in der Mitte ein paar Büsche,
Hartriegel und drei japanische Apfelrosensträucher,
Rosa Rugosa oder so ähnlich. Sie würden nächsten
Sommer wunderbar große Hagebuttenfrüchte ansetzen, die bis in den Winter hinein den Vögeln als
Nahrung dienen konnten. So wie Elvira ihn genährt
hatte. Der Augenblick ihres Todes kam allerdings
nicht annähernd an das heran was er empfand,
wenn er das Ritual richtig vollzog – wie im Hotel
in Frankfurt. Und Freiburg. Aber er brauchte nicht
mehr lange zu warten. Ein paar Monate noch, dann
war wieder Mutters Geburtstag …

10

24. September 2017

Harry sah müde in die Runde. Sein Wochenende hatte es mal wieder in sich gehabt. Er hatte ein paar alte Kneipenbekanntschaften getroffen, darunter seine Freunde Jonny, Jim und Jack, wie er gerne betonte, wenn ihn jemand fragte, wer ihn so zugerichtet hatte. »Was wir brauchen, ist ein neuer Ansatz«, sagte er leise.

Miriam und Paul grinsten sich an.

»Er tötet am Geburtstag seiner Mutter, in fünf uns bekannten Fällen«, fasste Paul noch mal zusammen und wurde sofort wieder ernst. »Er betäubt seine Opfer so, dass sie alles mitbekommen. Das ist ihm wohl wichtig. Es muss also eine Art von Bestrafung sein.«

»Schön. Aber was macht er mit seinen Opfern, bis er sie tötet? Sie sind gelähmt, liegen starr da. Was macht er?« Harry versuchte, sich nichts anmerken zu lassen, womit er allerdings kläglich scheiterte.

»Er entfernt die Brustwarzen allerdings erst post mortem, das gehört also nicht zur Bestrafung«, meinte Miriam.

»Bist du mit dem Schriftzug schon weiter?«

Paul schüttelte den Kopf. »Kein Stück. Es geht um Erlösung für ihn oder seine Opfer. Ich tendiere dazu, dass er Erlösung für sich selber meint, aber nicht durch seinen Tod. Das ist kein Hilfeschrei eines Täters, der gefasst und gestoppt werden will. Das ist einfach nur ein Statement. Eine Art Bildunterschrift, wenn du so willst.«

»Wieso tendierst du dazu? Bauchgefühl?«

Paul kratzte sich nachdenklich am Kinn und nickte. Schließlich sagte er: »Wollt ihr meine Meinung hören?«

»Klar doch«, brummte Harry.

»Es ist doch nicht völlig abwegig, dass eine Mutter ihren Sohn sexuell missbraucht, oder? Selten aber schon vorgekommen. Dann wird der Junge älter und erkennt, dass das nicht richtig ist. Irgendwann kommt zwangsläufig der Punkt, an dem es ihm nicht mehr gelingt, sich mit den anderen Kindern oder Jugendlichen zu identifizieren, weil es bei ihm eben völlig anders läuft. Andere Beziehung zur Mutter, andere Vorstellung von Sexualität … er kann dann ja nicht einfach eine Freundin haben oder mit anderen Jungs über Sex reden. Also entstehen Scham- und Schuldgefühle. Die Mutter ist schuld an dem Dilemma, dennoch ist sie seine Mutter, also …« Paul machte eine kurze Pause, aber keiner sagte etwas. »Er will sich aus der unnatürlichen Situation befreien, doch er bleibt in der Mutter-Kind-Beziehung gefangen. Dann passiert etwas und er befreit sich. Tod ist Erlösung.«

Miriam nickte. »Klingt gut.«

»Das wäre die eine Komponente fürs Motiv«, meinte Harry. »Wenn wir jetzt noch einen sexuellen Part hinzufügen, wird das Ganze verständlich. Im Kopf des Jungen hat sich durch diese Geschichte womöglich so eine Art Zusammenhang zwischen Sex und dem Tod der Mutter entwickelt, die Befreiung von ihr als erregendes Moment. Kann das sein?«

»Das würde erklären, was er vor dem Tod der Frauen macht: Er vergreift sich nicht am Opfer, sondern an sich selbst. Er onaniert, redet vielleicht mit ihr und dann kommt der ultimative Kick: der Tötungsakt. Er erlöst sich selbst«, stammelte Miriam, weiß wie die Wand. »Was für eine perfide Scheiße!«

»Okay, das ist eine hinlängliche Hypothese, mit der wir weiterarbeiten können.« Harry schielte nach dem *Alka Seltzer*, aber es war noch zu früh für eine zweite Dosis. »Soweit haben wir es dann. Er trägt einen Schutzanzug, sodass er keinerlei Spuren hinterlässt, verwendet eine spezielle Droge, an die er als Labortyp rankommt oder stellt sich das selber her, er verkleidet sich und hinterlässt keinerlei digitale Spuren. Und wie überführen wir ihn jetzt? Der Kerl ist ja wie Teflon.«

Paul war noch nicht zufrieden: »Nein, da stimmt was nicht. Könnt ihr euch vorstellen, dass so ein kaputter Typ jedes Mal ein Jahr wartet, um sich zu befriedigen oder meinetwegen zu *erlösen*? Dass er jedes Mal am Geburtstag seiner Mutter tötet und das alle zwei Jahre, ist ein Ritual. Aber es widerspricht jeglicher Logik, zwei Jahre vergehen zu lassen. Es gibt mit Sicherheit noch weitere Opfer, von denen wir nur nichts wissen. Das würde bedeuten, dass er nicht ausschließlich in Hotelzimmern tötet.«

Harry legte das Kinn auf die Tischplatte. Der Gedanke, dass Reitmeier auch zu anderen Zeiten mordete, machte ihn nervös. Er hatte sich bislang darauf verlassen, dass sie ein Jahr Zeit hatten, um ihn zu überführen. Was Paul da unterstellte, sorgte für Druck. Den konnte er im Moment nicht so gut gebrauchen.

»Vielleicht sollten wir mal mit ihm reden«, schlug Miriam vor.

»Und ihn warnen, dass wir ihm auf der Spur sind?« Harry schüttelte den Kopf. »Womöglich kriegen wir ihn nur, wenn wir ihn bei einem Fehler erwischen. Wenn wir jetzt schon Kontakt aufnehmen, hört er vielleicht auf und …«

»Wenn wir dadurch einen weiteren Mord verhindern, dann …«

»Ja, ich weiß, aber …« Harry schlug frustriert mit der Faust auf den Tisch, bereute es aber sofort.

»Harry hat recht. Wenn wir ihn jetzt aufschrecken, setzt er sich vielleicht ins Ausland ab und mordet da unerkannt weiter. Wir müssen ihn überführen«, sagte Paul entschieden.

Harry nickte.

Miriam wandte sich mit feuchten Augen ab. »Kann sein … Er wohnt hier in Berlin in Charlottenburg. Marburger Straße. Er arbeitet bei einem Pharmakonzern in der Nähe vom Potsdamer Platz. In der Entwicklungsabteilung. Wir könnten ihn überwachen.«

»Solange wir nicht wissen, ob er tatsächlich noch zu anderen Zeiten aktiv wird, wäre das sinnlose Zeitverschwendung«, winkte Harry ab.

»Du sagst ihm auf den Kopf zu, dass wir ihn für einen Serienmörder halten. Er wird sich fragen, wie wir auf ihn gekommen sind. Er weiß genau, dass wir nichts in der Hand haben, aber dass er nicht weiß, wieso wir ihn verdächtigen, macht ihn sicher rasend. Das ist unsere einzige Chance, ihn irgendwie aus der Reserve zu locken. Möglicherweise macht er einen Fehler. Wenn nicht, bliebe die lückenlose Überwachung bis zum nächsten September in zwei Jahren.«

»Ist das der einzige Vorschlag, den du hast, Paul?« Harry sah ihn finster an.

»Ja, mehr fällt mir im Moment nicht ein. Wir haben einfach nichts, um ihn festzunageln. Kein Haftrichter würde mit so mageren Indizien einen Haftbefehl ausstellen. Wir bekämen vermutlich noch nicht mal einen Durchsuchungsbefehl für sein Haus, wobei ich nicht glaube, dass er dort Brustwarzen hortet, dafür ist er zu schlau.«

»Verdammt! Verdammt! Verdammt!« Der Gedanke sich mit einem psychopathischen Serienkiller zu treffen, behagte Harry ganz und gar nicht.

Angst hatte er nicht, dieser Killer war kein blindwütiger Schießer, es würde eher ein geistiges Duell werden: Theorie gegen unbewiesene Fakten. Wer würde die besseren Nerven haben? Wie hoch standen die Chancen, diesen Mann aus der Reserve zu locken? Bei dem Gedanken fühlte Harry spontan Hilflosigkeit. Der Mörder war sich seiner Sache sicher und völlig abgebrüht, eben ein Psychopath. Deren einzige Schwachstelle war oft ihre Hybris, aber ob er zu denen gehörte, die man darüber packen konnte, musste er erst noch herausfinden. Eher nicht, riet er. Er hatte alles getan, um seine

Spuren zu verwischen, und war sich vermutlich sicher, dass man ihm nichts nachweisen konnte.

»Ich fürchte, der ist mir über«, gab Harry schließlich zu. »Wenn wir den Überraschungsmoment verspielen, war's das.«

»Ach Quatsch, der hält sich nur für so schlau. Weiter als bis zum Laborassistenten hat er es doch nicht gebracht«, meinte Miriam.

»Ja, aber vermutlich nur deshalb, weil es ihn nicht interessiert«, räumte Paul ein. »Ich denke auch, dass er viel intelligenter ist, als wir vermuten. Er ist einfach kein Karrierist. Er lebt für diese Morde. Kann gut sein, dass er Harry in die Tasche steckt und wir hören nie wieder was von ihm. – Oder von Harry.«

Harry schluckte. Paul hatte vermutlich recht. Es war zum Kotzen.

11

Berlin, 15.09 2017

Von Online-Dating hielt Marcel weiterhin wenig, er musste die Frau sehen, um beurteilen zu können, ob sie die richtige war, das ging bei einer Live-Veranstaltung viel besser. In dem Gewimmel der liebeshungrigen Herzen konnte er sich fast unsichtbar machen, bis er seine Beute ins Visier nahm. Berlin war für seine üppige Single-Szene bekannt, also hatte er keine Mühe, passende Flirtpartys zu finden.

Vier Tische entfernt starrte eine Frau gelangweilt in ihr Sektglas und drehte gedankenverloren an ihrem Ring. Er schätzte sie auf Ende 30, Anfang 40, ziemlich hübsch. Sie entsprach ganz seinen Vorstellungen. Das schwarze Etuikleid betonte vorteilhaft ihre Figur; dazu schwarze Lackpumps. Vorboten erster Erregung kündigten sich an. Sein Herz schlug schneller und leichte Röte überzog sein Gesicht. *Beruhige dich, lass dir nichts anmerken, überstürze nichts. Du hast Zeit.* Die Vorfreude ließ ihm die Hose im Schritt enger werden.

Früher verspürte er noch Schamgefühl, Ansätze von schlechtem Gewissen, doch mittlerweile hatte er jegliches Mitgefühl für seine Opfer verloren, sie waren nur Mittel zum Zweck. Fleisch.

Diesmal trug er eine blonde Perücke und einen gepflegten Oberlippenbart, dazu blaugrüne Kontaktlinsen. Ihre Blicke begegneten sich und sie schenkte ihm ein Lächeln. Er nickte, gab sich zurückhaltend, da kam sie schon zu ihm rüber. Die war nicht auf was Festes aus, hier ging es um eine schnelle Nummer. Ihm fiel das Wort *Notgeil* ein und er stand auf.

Keine 15 Minuten später schob er sie durch die Tür des Hotelzimmers.

Es war großartig. Endlich. Die Erlösung! Es war so befriedigend, wie die letzten Male auch. Unbefriedigend waren die Erlebnisse dazwischen. Die Frauen, die er mit nach Hause nahm, dienten lediglich dazu, immer wieder festzustellen, dass es nur eine Art der Erlösung gab. Einmal im Jahr, nur einmal im Jahr … Und nur in Hotelzimmern. Alles andere brachte nicht den gewünschten Erfolg und er konnte es sich nicht leisten, den einen Termin im Jahr mit Experimenten zu vergeuden.

Die Sache mit den Hotels war ziemlich riskant, dessen war er sich bewusst, aber er sah einfach

keine Alternative. Die unbefriedigenden Lücken-
büßer, die er mit nach Hause nahm und im Garten
entsorgte, waren langfristig auch keine Lösung.
Vielleicht war es Zeit für etwas Neues …

Als er nach Hause kam, lag Erika nach wie vor
schlafend im Bett. *Schlafen* war eigentlich nicht
ganz richtig, denn er hatte etwas nachgeholfen, um
sicherzustellen, dass sie keinesfalls aufwachte,
während er weg war.

Das ging nun schon seit einigen Wochen mit ihnen. Er konnte sich kaum noch daran erinnern, wie
es angefangen hatte. Sie war eigentlich für den
Garten vorgesehen, ein neues Rosenbeet oder so.
Aber dann hatten sie sich so nett unterhalten, dass
er die Verabreichung der Droge hinausgezögert und
schließlich vergessen hatte. Merkwürdig. Bisher
hatte er sich nicht ernsthaft für andere interessiert.
Dass er sich gut amüsierte, war eine völlig neue
Erfahrung. Und als er mit ihr knutschte, fühlte sich
das auf faszinierende Weise gut an, so warm und
kribbelig. Sogar Sex hatten sie, wobei es am Anfang nicht recht klappen wollte, sein Stehvermögen
hatte ziemlich zu wünschen gelassen – aber sie war
mit einem Lächeln darüber hinweggegangen und so
hatte es dann doch noch geklappt. Und da war sie,
die Idee: ein normales Leben führen. Warum nicht?
Sein Leben konnte durchaus mehr vertragen, als

einzig und allein diese eine Sache, die ihn ein ganzes Jahr umtrieb, um dann so schnell zu enden. Er hatte Gefallen an Erikas Gesellschaft gefunden, fand den Sex mit ihr von Mal zu Mal besser und mochte es, wie sie ihn anhimmelte. Sie liebte ihn, dessen war er sich sicher, sie liebte ihn so sehr, wie seine Mutter ihn geliebt hatte, aber sie war nicht so dominant, ganz im Gegenteil. Sie war … perfekt? Er stutzte. Konnte das sein? Sie hatte sehr kleine Brüste, das war auch so eine Sache – er hätte nicht gedacht, dass er bei einer Frau mit geringer Oberweite etwas empfinden könnte. Dass er sie überhaupt mitgenommen hatte, war einer gewissen Nachlässigkeit geschuldet, denn bei seinen *Zwischenlösungen* für den Garten war er nicht ganz so anspruchsvoll wie an den Jahrestagen.

Er könnte ein normales Leben führen, ja, warum nicht? Er könnte sogar Kinder haben … Bei dem Gedanken musste er kichern. Er kicherte! Verrückt.

Er beschloss, den Versuch zu wagen. Vielleicht konnte er sogar seine Obsession besiegen. Letztlich war es nichts weiter als zwanghaftes Verhalten und ihm behagte es nicht, etwas nicht unter Kontrolle zu haben. Er war befriedigt – äußerst befriedigt. Er hatte nun ein Jahr Zeit zu lernen, diese Befriedigung auch bei Erika zu finden. Falls es nicht gelingen sollte, dann vielleicht im nächsten Jahr … oder im übernächsten …

12

Das Einfamilienhaus lag in einer besseren Wohngegend von Charlottenburg. Rechts und links der Straße, etwas eingerückt, standen Villen und schmucke
Häuser. Zur Straßenseite gab es eine hohe Gartenmauer, dahinter wuchsen Koniferen und vereinzelt
mannshohe Büsche. Die Einfahrt zum Haus und der
Garage säumten niedrige Buchsbäume, das schmie-
deeiserne Gartentor hielt unliebsame Besucher fern.
Harry klingelte. Die Sprechanlage knackte: »Was
wünschen Sie?«

»Mein Name ist Nitzer, Kripo. Herr Reitmeier?«

»Ja, was wünschen Sie?«

»Ich würde mich gerne mit Ihnen unterhalten.
Kann ich reinkommen?«

Es knackte wieder.

Harry war bewusst alleine hingegangen. Er
wollte sich alle Optionen offenhalten und Sorge um
sein Leben machte er sich eigentlich nicht.

Die Tür ging auf und ein Mann mittleren Alters,
barfuß, im blauen Jogginganzug, erschien. Harry

wurde von oben bis unten gemustert, er fühlte sich, als würde er geröntgt.

Ein Summen ertönte und Harry konnte das Gartentor aufdrücken. Gemächlich ging er zum Hauseingang.

»Bitte treten Sie ein. Was kann ich für Sie tun?« Marcel Reitmeier machte eine einladende Geste. Der bohrende Blick von eben war einem entspannten Lächeln gewichen.

Das Innere des Hauses war hell und lichtdurchflutet, das moderne Ambiente zeugte von Geschmack. Tisch und Stühle waren weiß lackiert, die Couch und die beiden Sessel aus weißem Leder – Harry hatte den Eindruck, dass Reitmeier eine sterile Atmosphäre bevorzugte. Das Fehlen persönlicher Erinnerungsstücke und Bilder an den Wänden sowie die künstlichen Pflanzen sagten ihm, dass der Bewohner keinen Wert auf Gemütlichkeit legte. Alles roch so frisch, als wäre das Haus gerade erst bezogen worden. *»Wie konnte sich ein Mensch hier wohlfühlen?«*, fragte sich Harry. Selbst die Küche sah aus, als wäre sie erst gestern installiert worden: kein herumstehendes Geschirr; der DeLonghi-Kaffeeautomat und ein Messerblock auf der Anrichte waren die einzigen sichtbaren Utensilien. Auch hier war alles weiß: Hänge- und Unterschränke, sogar die Kücheninsel. Unterbrochen wurde das Ganze von einer großen weißglänzenden Dunstabzugshaube. Im Hintergrund spielte dezent klassische Musik.

»Nehmen Sie doch Platz. Darf ich Ihnen etwas anbieten? Wasser? Kaffee?«

»Einen Kaffee, schwarz bitte, wenn es keine Umstände macht.«

Harry schob sich ein Kissen in den Rücken und machte es sich im Sessel bequem, während der Hausherr die Kaffeemaschine bediente.

Er stellte eine Tasse mit Untertasse vor Harry, auf der Untertasse lagen ein Löffel, ein Papiertütchen mit Zucker, eine Plastikpackung Kaffeesahne und sogar ein kleiner Keks, wie in einem Café.

»Also? Was kann ich für Sie tun?«

Harry konnte an dem Mann weder Nervosität noch Ärger feststellen. Er war geradezu gelangweilt. Für Psychopathen allerdings nicht ungewöhnlich. Miriam hatte herausgefunden, dass er morgens schon früh anfing und daher entsprechend früh zu Hause sein würde. Harry hatte gehofft, ihn mehr oder weniger zwischen Tür und Angel zu erwischen, aber Fehlanzeige – oder der Kerl war einfach abgebrüht.

Was wusste der Mann? Weswegen war er hier? Wegen dem letzten Jahrestag? Oder hatte er bei einer der Zwischenlösungen geschlampt? Nein, es musste wegen dem Jahrestag sein. Nur da gab es Leichen, über die die Polizei stolpern konnte. Aber wie waren sie auf ihn gekommen? *Du musst Ruhe bewahren. Er kann dir nichts nachweisen. Es gibt keine Spuren und du hast ein wasserdichtes Alibi. Also bleib ruhig.*

Fieberhaft überlegte er, wie er mit diesem Polizisten umgehen sollte. Er könnte ihn töten, aber das machte nur Sinn, wenn er allein über das gesamte Wissen verfügte, was nicht zu vermuten war.

Er verzichtete darauf, Harry etwas in den Kaffee zu kippen und beschloss, die Sache auf sich zukommen zu lassen.

»Wir ermitteln in einem Mordfall. Wo waren Sie in der Nacht vom fünfzehnten auf den sechzenten September zwischen elf und ein Uhr nachts? Sie kennen dieses Datum doch, oder?«

»Allerdings, das ist der Geburtstag meiner Mutter …«

»Und ihr Todestag.«

»Richtig. Nett, dass Sie mich daran erinnern.«

Harry verzog keine Miene. Er beobachtete sein Gegenüber genau, konnte aber keine Regung feststellen, kein verräterisches Zittern oder dergleichen.

Die Ruhe, die von diesem Mann ausging, der kalte Blick und die Gelassenheit bestärkten Harry in der Annahme, es mit einem Psychopathen zu tun zu haben. Er musste ihn aus der Reserve locken.

»Wir können das Ganze abkürzen. Mir liegt nichts daran Banalitäten auszutauschen. Sagen Sie mir einfach, wo Sie zum fraglichen Zeitpunkt waren.«

»Ich war die ganze Nacht mit meiner Freundin zusammen. Sie wird Ihnen das bestätigen können. Erika Kumpfmühler, Berlin-Mitte, Torstraße sieben.«

»Natürlich haben Sie ein Alibi.« Harry nickte. Er musste aufs Ganze gehen: »Ich will ehrlich zu Ihnen sein, Herr Reitmeier: Wir glauben, Sie sind ein Serienmörder. Ich verfolge Ihre blutige Spur, seit Sie als Junge Ihre Mutter getötet haben. Jahr für Jahr, immer an ihrem Geburtstag. Aber ganz so schlau wie Sie dachten, sind Sie dann doch nicht.« Da! Ein kurzes Zusammenziehen der Pupillen, ein unmerkliches Zucken des Mundwinkels und eine kaum wahrnehmbare Blässe im Gesicht, dazu eine leichte Versteifung der Körperhaltung – für ein ungeübtes Auge nicht erkennbar; für einen erfahrenen Kommissar unübersehbare Anzeichen.

»Das sind ungeheuerliche Anschuldigungen. Sie werden von meinem Anwalt hören.«

Marcel Reitmeier bemerkte seine leichte Anspannung, lehnte sich nickend zurück und sah Harry mit einem amüsierten Lächeln an: »Dass Sie praktisch aus dem Nichts mit solchen Behauptungen um sich werfen, kann ja nur bedeuten, dass Sie keinerlei Beweise haben. Richtig geraten?« Er zwinkerte Harry zu. »Das ist ein Schuss ins Blaue, wegen dem Datum. Sie haben Glück, dass ich nicht allzu empfindlich bin. Einen sensibleren Menschen hätten Sie mit so einem Vorwurf womöglich aus der Bahn geworfen.« Er stand auf. »Noch einen Kaffee?«

»Nein.« Harry stand auf. »Wir werden Ihr Alibi überprüfen. Davonkommen werden Sie allerdings nicht. Wissen Sie, es gibt keinen perfekten Mord, nur überhebliche Irre, die sich einbilden, perfekt zu sein. Aber irgendwann unterläuft jedem mal ein Fehler. Ich finde alleine hinaus.«

Als die Tür ins Schloss gefallen war, sah er dem unerwünschten Besucher noch eine Weile hinterher, dann setzte er sich und bemühte sich, weiterhin ruhig zu atmen. Keine Panik! Die hatten nichts. Nichts! Sie hatten nur das Offensichtliche herausgefunden und es einfach mal versucht. Womöglich hatten sie auch die anderen Morde zum Jahrestag herausgefunden, es war ja ohnehin kaum zu glauben, dass die Polizei so lange gebraucht hatte, um die Verbindung herzustellen. Und natürlich führte die Spur zuerst zu ihm, dem Jungen, der an diesem Datum seine Mutter verloren hatte. Auf genau dieselbe Art. Das hätte ein Affe auch rausgefunden. Aber nun hatte das Spiel begonnen und der Herr Kommissar würde es sicher nicht bei Psychotricks belassen.

Marcels Blick fiel auf die Blumenbeete. Er schluckte. Er hatte sich bei der Bepflanzung viel Mühe gegeben, damit die Beete im Wechsel der Jahreszeiten abwechselnd blühten. Hartriegel, Weigelie, Ginster und Immergrün würden keine farbliche Triestess aufkommen lassen. *Kleine Inseln ewiger Ruhe im grünen Meer.* Der Gedanke, dass der Kommissar vielleicht seinen Garten durchsuchen lassen könnte, behagte ihm nicht. Andererseits gab es keinen Grund dafür, nichts deutete darauf hin, dass es neben den Toten in den Hotelzimmern noch weitere Leichen gab. Oder?

***

Harrys Herz schlug bis zum Hals. Er musste dieses Gespräch erst mal verdauen. Marcel Reitmeier war ihr Täter, daran bestand kein Zweifel mehr. Er war genau die Sorte Psychopath, die zu ihrem Profil passte. Nun war die Katze aus dem Sack und der irre Serienmörder gewarnt. Hätte Harry auch nur eine Sekunde geglaubt, der Mann könnte nun in Panik geraten und einen Fehler begehen, hätte er lückenlose Überwachung angeordnet, aber das war hier nicht zu erwarten: Reitmeier war absolut beherrscht, kontrolliert und selbstsicher. Er würde gar nichts tun. Aber immerhin – Harry dachte an Miriams warnende Worte – würde er sich die nächste Zeit wohl zurückhalten. Das beruhige Harry ungemein.

Er machte für heute Feierabend. Es genügte, wenn er seinen Kollegen morgen erzählte, wie die Dinge lagen.

Das *Peppino*, seine Lieblingskneipe, war mäßig besucht. Im schummrigen Licht fiel ihm sofort Oskar auf. Die Ellenbogen auf dem Tresen, den Kopf in die Hände gestützt, starrte er auf die Flaschengalerie hinter der Bar. Oskar war Leiter des LKA 1 und ein Freund von Harry.

»Na Mann, wieder mal ein Tief?«, Harry klopfte ihm auf die Schulter und setzte sich neben ihn. Er bestellte sich einen doppelten Wodka. »Was ist los? Ist dir die Frau davongelaufen oder kotzt dich einfach nur alles an?«

»Nerv mich jetzt bloß nicht.« Er sah seinen Freund kurz an und rieb sich dann die Augen. »Ich mache diesen Job jetzt beinahe dreißig Jahre und mindestens einmal im Monat habe ich das Bedürfnis, mich zu besaufen. Der ganze Sumpf, der menschliche Abfall da draußen … Wir sind es, die das alles beseitigen müssen, damit die braven Bürger, wenn es so was überhaupt gibt, ruhig schlafen können. Dankbarkeit, Anerkennung oder entsprechende Besoldung … is aber nich. Ich komme mir vor wie ein Müllkutscher: alle zwei Wochen wird schön brav der Abfall abgeholt, aber täglich wird neuer Abfall produziert. Wir strampeln uns ab, die Typen einzufangen, und die Anwälte holen sie wieder raus. Unsere Justiz ist zu einem Perpetuum mobile geworden, sage ich dir!«

»Das war schon immer so«, brummte Harry und kippte sich den doppelten Wodka hinter die Binde.

»Alfred, noch mal das Gleiche für uns.« Jetzt hatte er sich in Rage geredet und wurde wieder munter. »Diese Stadt, Harry, wird von kriminellen Clans regiert. Und der Tiergarten gehört den Drogendealern, Exhibitionisten und Vergewaltiger. Die Spielplätze verwaisen und die Parks werden zum Tummelplatz für Pädophile. Was ist nur aus dieser Stadt geworden?« Er stieß mit Harry an und schüttelte den Kopf. »Weißt du was? Wir brauchen hier in Berlin so einen Bürgermeister, wie den aus New York, Giuliano. Kennst du den? Der hat damals in

New York aufgeräumt. Da konnte man auch in der Nacht wieder im Central Park unterwegs sein. Und was machen unsere Politiker? Nix. Blöd gucken. Alles wird schlimmer, obwohl wir uns den Arsch aufreißen. Wir Polizisten sind die Deppen der Nation.«

»Jaja, Undank ist der Welten Lohn.« Harry trank sein Glas leer und winkte Alfred: »Noch mal das Gleiche.« Oskar war an jenem unseligen Punkt, an dem er nerven konnte. Er schob Oskar das Glas rüber. »Weißt du, Oskar, ich war damals, bevor ich das Dezernat für die Gammel-Akten übernahm, genauso fertig. Ich weiß genau, wie dir zumute ist. Also saufen wir uns heute einen an und morgen werden wir dann wieder die Welt retten.«

***

Oskar hatte nicht mehr lange durchgehalten und Harry hatte sich mit einem bescheidenen kleinen Besäufnis begnügt. Für einen Kater hatte es nicht gereicht und so betrat er am nächsten Morgen voller Elan das Büro:

»Ich hab's getan, Leute!«

Miriam und Paul sahen neugierig hoch.

»Was hast du getan?«, fragte Miriam.

»Ich hab' ihm alles auf den Kopf zugesagt. Einfach alles. Und wisst ihr was? Seine Selbstsicherheit ist wie ein Kartenhaus zusammengefallen. Nicht offensichtlich, aber für mich ganz klar. Das ist unser Mann. Jetzt brauche ich erst mal einen wirklich starken Kaffee.«

Er machte sich an der Kaffeemaschine zu schaffen und stellte missbilligend fest, dass noch nichts vorbereitet war. »Sagt mal, bin ich eigentlich der Einzige, der noch Kaffee trinkt?«

Miriam und Paul sahen sich an und stellten ihre gefüllten Kaffeebecher unauffällig in die Schublade.

»Und was machen wir jetzt?«, fragte Paul.

»Ihr beide überprüft das Alibi, das Reitmeier angegeben hat. Hat angeblich eine Freundin. Eine Freundin! Dieser Typ! Dass ich nicht lache. Erika Kumpfmühler, Torweg sieben. Fragt ganz genau nach. Ich glaube nicht, dass er eine Komplizin hat oder eine Frau, die bereit ist, ihn zu decken. Das Alibi ist vermutlich nur erschlichen. Ich wette, die hat zu der Zeit geschlafen. Und vermutlich nicht freiwillig.«

»Stimmt«, meinte Paul. »Niemand ist fehlerlos. Irgendwas gibt es, dass ihn überführen kann, das müssen wir nur finden.«

Harry zerrte die Kanne aus der laut blubbernden Kaffeemaschine und füllte sich damit den Becher zur Hälfte, dann schob er sie wieder rein.

»Haben die Akten der anderen Fälle irgendwas ergeben? Lohnt es sich, da noch mal drin rumzustochern? Übersehene Laboruntersuchungen oder dergleichen?« Harry schlürfte den siedendheißen Kaffee und fluchte, weil er sich dabei den Mund verbrannte.

»Nichts Offensichtliches.« Paul schüttelte den Kopf. »Spuren, die nicht gefunden wurden, sind jetzt weg. In dem vorhandenen Material war nichts, was uns weitergeholfen hätte.«

»Der Kollege aus Leverkusen hat doch gemeint, die Brustwarzen hätte der Junge im Klo runtergespült ... Vielleicht findet man die ja noch?«

»Glaub ich nicht. Wir sind hier nicht in Griechenland. Bei uns sind die Abflussrohre dick genug für ein paar Brustwarzen.«

Paul fing sich einen bösen Blick von Miriam ein.

»Was?«, schnaufte er.

»Sei gefälligst nicht so pietätlos.«

Er wurde rot. »Entschuldigung«, sagte er leise.

Harry goss sich Kaffee nach und grinste in sich hinein. »Geht dieser Kumpfmühler auf den Zahn fühlen. Los, los!«

»Sollen wir sie auf der Arbeit aufscheuchen?«

Harry dachte nach. »Nein, lieber nicht. Die Frau hat vermutlich nichts mit den Morden zu tun und vielleicht brauchen wir noch ihre Unterstützung, also geht nett mit ihr um. Wartet bis heute Abend.«

»Okay.«

Während Harry neben der Kaffeemaschine Wache schob, um sich jeden Schluck, der durchlief, sofort einzuverleiben, widmeten sich Miriam und Paul wieder der Durchsicht alter Akten.

Nach einer Weile gab Harry seinen Posten auf und machte sich ebenfalls an die Arbeit.

***

»Erika Kumpfmühler?« Die attraktive Frau – eins siebzig groß, schlank, Ende 30 mit brünettem schulterlangem Haar bat Miriam und Paul herein, nachdem sie sich beide Ausweise angesehen hatte.

»Was kann ich für Sie tun?«

»Kennen Sie einen Marcel Reitmeier?«, fragte Miriam.

»Ja, das ist mein Freund. Wir sind seit einigen Wochen zusammen. Ist etwas passiert?«, fragte sie erschrocken.

»Nein, nein. Wir würden nur gerne wissen, wann Sie ihn zuletzt gesehen haben. Verbringen Sie gelegentlich auch die Nacht zusammen?«

Erika sah die beiden pikiert an und sagte nichts dazu.

»Haben Sie die Nacht vom fünfzehnten auf den sechzehnten September diesen Jahres mit Herrn Reitmeier verbracht?«, bohrte Miriam weiter.

Erik überlegte kurz und gab sich dann sichtlich einen Ruck: »Ja, da war ich die Nacht über bei ihm. Wir waren essen und anschließend haben wir ... die Nacht zusammen verbracht. Bis zum Frühstück, wenn Sie es genau wissen wollen. Gegen sieben Uhr dreißig haben wir uns getrennt. Er ist zur Arbeit gegangen und ich bin nach Hause gefahren. Mir ging es nicht so gut, wahrscheinlich habe ich das thailändische Essen nicht vertragen. Zu scharf.«

»Und Sie sind sich absolut sicher, dass Herr Reitmeier die ganze Nacht bei Ihnen war?«

»Ja, natürlich. War's das?« Sie verschränkte die Arme vor der Brust.

Miriam und Paul warfen sich enttäuschte Blicke zu.

»Vielleicht noch eine Frage: Arbeiten Sie und Herr Reitmeier im gleichen Unternehmen?«

»Ja, wir sind Arbeitskollegen. In der Entwicklungsabteilung von BioMem. Darf ich fragen, warum das wichtig ist?«

»Routinefragen. Sie behaupten also, die ganze Nacht mit Herrn Reitmeier zusammengewesen zu sein.«

»Das sagte ich, ja. Wir sind früh schlafen gegangen, weil mir nicht gut war. Das Thai-Essen. Wir waren die ganze Nacht zusammen. Jetzt gehen Sie bitte.«

»Eine letzte Frage noch: Wann ungefähr sind Sie zu Bett gegangen?« Paul wusste nicht genau, warum er diese Frage noch stellte, aber es erschien ihm wichtig.

»Gegen zehn. Und jetzt möchte ich wirklich, dass Sie gehen. Ich beantworte keine Fragen mehr.«

Als sie die Tür hinter Miriam und Paul geschlossen hatte, griff sie zum Handy.

»Du brauchst dir keine Sorgen zu machen. Die wollten wissen, wo ich zur Tatzeit war. Das wollten die nur überprüfen. Mehr nicht.«

Als er das Gespräch beendet hatte, wischte er sich den Schweiß von der Stirn. Der Kommissar hatte ihn nicht im Mindesten beunruhigt, aber die Panik, die er bei Erika bemerkte, stresste ihn. Obskur. Woran das wohl lag? War das Liebe? Er kratzte sich am Kopf.

Er stand vor dem Fenster und blickte nachdenklich in den Garten. Der gepflegte Rasen zeigte sich trotz Herbst in sattem Grün. Ein weiteres Blumenbeet wäre nicht schlecht …

Ihm kamen erste Zweifel, denn sein Alibi stand möglicherweise auf tönernen Füßen. Würde Erika sich an irgendetwas erinnern? War sie in der fraglichen Zeit aufgestanden, weil ihr von der Droge schlecht geworden war und sie zur Toilette musste? Hatte sie bemerkt, dass er nicht neben ihr lag? Was wusste sie und was würde sie aussagen, wenn man sie unter Druck setzte? Das waren zu viele Unabwägbarkeiten und unkalkulierbare Risiken. Sie hatte sein Alibi jetzt bestätigt. Gut. Sie durfte es nicht widerrufen oder eventuelle Beobachtungen äußern. Kein Blumenbeet. Etwas Unauffälliges, vielleicht ein Überfall ... Einbruch oder so. Ein Junkie auf Raubzug, der durchdreht. Das würde gehen. Heroin konnte er besorgen.

13

Die Stimmung im Dezernat für Alt-Fälle war gedrückt. Erika Kumpfmühler hatte nicht den Eindruck gemacht, als würde sie eine Hilfe sein.

»Ich glaube aber nicht, dass sie was damit zu tun hat oder auch nur einen Verdacht«, meinte Miriam.

»Na, den Verdacht hat sie jetzt wohl. Mal sehen, ob sich daraus was entwickelt«, brummte Harry.

»Auf jeden Fall wäre es Reitmeier problemlos möglich gewesen, die Kumpfmühler für die gesamte Tatzeit zu betäuben. Ihre Übelkeit spricht dafür.« Paul sah die anderen ernst an.

»Hab ich doch gleich gesagt«, brummte Harry wieder.

»Reitmeier ist Perfektionist. Außerdem ein Verkleidungskünstler«, sagte Miriam schnell. »Die Hotelzimmer sind ja alle direkt gebucht und bezahlt worden, er war also jeweils vor Ort, dennoch konnte sich nie jemand erinnern. Ich schätze mal, er hat sich verkleidet. Könnte sich lohnen, noch mal mit einem Foto von ihm nachzuhaken.«

Harry nickte. »Gute Idee. Kannst du eins besorgen?«

Miriam sah ihn verlegen an. »Außer seinem Pass- und Führerscheinfoto, die in der Datenbank gespeichert sind, gibt es da nichts. Er hat keine Homepage oder Facebook-Seite oder dergleichen. Und die Ausweisfotos sind uralt. Also …«

»War klar.« Harry verschränkte finster die Arme vor der Brust. »Ich kann den Kerl echt nicht leiden.«

»Er muss einen Fehler gemacht haben, irgendwann, irgendwo. Wir müssen ihn nur finden. Das perfekte Verbrechen gibt es nicht«, sagte Paul.

»Konzentrieren wir uns auf die Hotels. Wie sie beschaffen sind, wie man dort ein Zimmer bucht, welche Gäste, welche Lage, Bauart, Gebäudeplan – solche Sachen. Wir müssen wie der Täter denken, fühlen und die Tat gedanklich vorbereiten. Wir müssen herausfinden, nach welchen Kriterien er das Hotel, das Zimmer wählt, wie er dabei vorgeht, wie er die Tat plant. Das ist unser neuer Ansatzpunkt. Jeder durchforstet noch mal die Ermittlungsberichte der einzelnen Hotels. Und – ganz wichtig: die Berichte der Spurensicherung. Wir müssen ein Detail übersehen haben. Wir beginnen beim letzten Hotel. Ihr fahrt dorthin und geht wie besprochen vor. Nehmt die Ausweisbilder von Reitmeier mit. Vielleicht erkennt ihn ja doch jemand.«

***

Miriam stand im Foyer des *Hotel Grünert* und sah sich um. Die Einrichtung stammte aus den Fünfzigern und hatte schon bessere Zeiten gesehen. Die Zeit schien hier still zu stehen. Das Mobiliar war abgenutzt, bewahrte sich aber seinen nostalgischen Charme.

Paul ging zur Rezeption. »Ich benötige ein Zimmer, wenn möglich etwas abseits vom Straßenlärm und am Ende des Ganges.«

»Wie lange wünschen Sie zu bleiben?«, fragte der Concierge freundlich.

»Zwei Nächte, ich bin hier auf einer Tagung und komme am Abend immer erst sehr spät zurück.«

»Das ist kein Problem, wir haben die ganze Nacht geöffnet und einen Nachtportier.« Seine Augen richteten sich auf Miriam. »Ihre Gattin?«

»Ja.«

»Dann benötigen Sie ein Doppelzimmer. Wenn Sie mir bitte Ihren Pass geben …«

»Natürlich.« Paul kramte in seiner Jacke. »Oh, tut mir leid, den habe ich in meinem Aktenkoffer im Tagungsraum gelassen. Ich reiche ihn morgen nach.«

»Natürlich. Hier, Ihr Schlüssel, Zimmer zwanzig im zweiten Stock. Hier links die Treppe hinauf.« Der Concierge reichte ihm den Schlüssel.

Etwas altmodisch, fand Paul. Keine Checkkarte und dann war auch noch ein kleiner Anhänger dran. Beim genaueren Hinsehen bemerkte er, dass an dem Schlüssel eine kleine flache rechteckige LED-Lampe befestigt war. Vermutlich, weil die Hotelflure nachts nur unzureichend beleuchtet waren. Der Schlüssel war von dem Concierge am Bart vom Haken genommen worden und wurde Paul so hingehalten, dass er ihn an dem Lämpchen anfassen musste, um ihn entgegenzunehmen …

Paul atmete heftig ein: War es das? Hatte die Spurensicherung den Zimmerschlüssel überhaupt untersucht? Mit hoher Wahrscheinlichkeit nicht. Wer käme denn auf die Idee?

Paul zeigte seinen Ausweis, was den Concierge die Augen rollen ließ. »Ich dachte, die Sache sei erledigt«, stöhnte er. »Wir haben das Zimmer gerade erst wieder freigegeben.«

»Was? Schon alles weggewischt?«, wunderte sich Paul.

»Na, Sie sind gut. Weggewischt. Ha! Bis auf die Mauersteine alles entfernt, neu verputzt und komplett neu eingerichtet. Und das in nur einer Woche. Anders ging's nicht, der Betrieb muss ja weitergehen und sagen kann man das den Gästen ja auch nicht …«

»Wurde die Tür etwa auch ausgetauscht?«

»Was? Sind Sie … Nein, natürlich nicht. Die war ja noch sauber.«

Paul atmete erleichtert aus. »Geben Sie mir bitte den … nein, warten Sie.« Er holte einen Beweismittelbeutel und einen Einmalhandschuh aus seiner Jackentasche. »Welcher Schlüssel ist es?«

»Dieser hier.« Der Mann verdrehte schon wieder die Augen.

»Ist was?«, fragte Miriam, die das irritierend fand.

»Eine Woche für die Renovierung, ach was sage ich: Sanierung! Wissen Sie, was es kostet, das so schnell machen zu lassen? Alles nur, damit es weitergehen kann nach dieser … dieser … dieser furchtbaren Sache. Und jetzt machen Sie die Bude gleich wieder zu.«

»Wir brauchen nur den Schlüssel, nicht das Zimmer.«

»Sehr witzig!«

»Gibt es noch einen Ersatzschlüssel?«

»Sicher. Gäste verlieren schon mal einen Schlüssel und dann …«

»Wo ist der?«

»Im Safe.«

»Den hatte der Täter also nicht?«

»Nein.«

»Na, dann dürfen Sie den einstweilen benutzen.«

Paul zwinkerte dem genervten Mann zu, der kaum noch in der Lage schien, sich weiter zu beherrschen. Es klang mittlerweile sehr angestrengt, wie er gerade so laut flüsterte, dass es von den Gästen nicht gehört wurde.

***

Die Forensiker konnten auf dem Schlüssellämpchen tatsächlich einen Fingerabdruck nehmen. Ob er aber von Reitmeier stammte, musste sich erst noch zeigen. Es lagen keine Fingerabdrücke von ihm vor, denn damals war er als Opfer eingestuft worden und nicht erkennungsdienstlich erfasst.

»Euch ist schon klar, dass wir auf normalem Wege keinen Fingerabdruck von dem bekommen? Erst wenn der Staatsanwalt beim Haftrichter einen Durchsuchungsbefehl beantragt, kommen wir da ran, aber dafür reicht die Beweislage beim besten Willen nicht aus«, erklärte Miriam.

Harry überlegte angestrengt. »Okay, also Observation. Ihr werdet ihn abwechselnd observieren. Für die Nächte werde ich Herwald bitten, ein paar Kollegen abzustellen. Egal was er macht, irgendwann wird er etwas in der Öffentlichkeit anfassen, im Restaurant, in einem Café … das schnappt ihr euch dann. Aber achtet darauf, das es öffentlich ist. Ideal wäre eine weggeworfene Getränkedose oder so.«

»Und wenn der Fingerabdruck passt, kriegen wir den Durchsuchungsbefehl. In seinem Haus werden wir dann schon was finden!« Paul klatschte in die Hände.

Harry nickte. »Wir kriegen dieses arrogante Arschloch, und wenn es das Letzte ist, was ich tue. Aber ich glaube nicht, dass wir in seinem Haus was finden werden.«

Paul stand am Fenster und schaute auf den Tiergarten. Wie immer, wenn er angestrengt nachdachte, bekam er einen roten Kopf, wiegte ihn hin und her und stützte das Kinn in die Hand. »Ist euch eigentlich klar, in welcher Gefahr sich seine Freundin befindet? Du hast ihn aufgeschreckt, quasi entlarvt und sie ist die Einzige, die sein Alibi gefährden könnte. Was würdet ihr jetzt an seiner Stelle tun«?

Harry wurde blass. »Verdammt, daran habe ich überhaupt nicht gedacht.«

Miriam sah erschrocken von einem zum anderen.

»Er wird sie beseitigen müssen, weil sie die Einzige ist, die sein Alibi platzen lassen kann.«

»Scheiße! Warum ist dir das nicht eher eingefallen?«, keuchte Harry. Ihm wurde flau im Magen. »Wir müssen uns beeilen! Los, los, los! Ihr fahrt zu der Kumpfmühler, ich geh zu Herwald.«

Ein Albtraum! Hoffentlich konnten sie das noch verhindern. Er eilte in Herwalds Büro.

»Hoppla, da hat's aber einer eilig. Gibt's etwa was Neues?«

»Keine Zeit für Geplänkel. Wir haben den Mörder, aber keine Beweise. Jetzt ist er aber aufgeschreckt und die Frau, die sein Alibi bestätigt hat, ist jetzt in Gefahr.«

»Was? Wieso …?«

»Damit sie es nicht zurückzieht, wird er sie womöglich umbringen.«

»Was zum … Ach du Scheiße …«

Harry stand der Schweiß auf der Stirn. Er hatte den Killer aufgeschreckt, um ihn aus der Reserve zu locken, ohne sich ausreichend Gedanken über die möglichen Konsequenzen zu machen. Sollten sie mit ihrer Theorie richtig liegen und zu spät kommen, würde er sich das nie verzeihen können, Schuldgefühle waren wie eine schwärende Krankheit, die einen innerlich aushöhlten. Manch einer war schon daran zerbrochen. Harry dachte an sein Team. Wie würden sie das verkraften? Besonders Miriam, die noch recht neu und unverbraucht war, sich alles so zu Herzen nahm … Der Gedanke erschreckte ihn.

»Und was erwartest du von mir?«, riss ihn Herwald aus seinen Gedanken.

»Kannst du mir für eine Observierung einige Beamte zur Verfügung stellen? Miriam und Paul übernehmen die Tagschicht, aber für die Nächte fehlen mir die Leute. Für ein paar Nächte. Ich bin überzeugt, dass wir höchstens ein oder zwei Tage brauchen, dann können wir ihn festnehmen.« Flehend schaute er Herwald an. Er wusste, wie knapp die Abteilung besetzt war.

»Na ja, geht ja wohl nicht anders. Wir müssen Prioritäten setzen. Ich möchte nicht schuld daran sein, wenn dieser Psychopath ein weiteres Mal zuschlägt. Aber höchstens für drei Tage. Bitte! Es gibt auch noch andere Fälle und du weißt ja, wie knapp wir sind.«

»Schon klar. Danke, Herwald.«

***

Marcel verließ in der Mittagspause das Firmengebäude und machte sich auf den Weg in sein Lieblingscafé um die Ecke, die Kantine verabscheute er. Er hatte sich unerwarteterweise nicht richtig auf die Arbeit konzentrieren können. Ständig musste er an Erika denken und ob es irgendetwas gab, das sie ausplaudern konnte.

Der Kellner brachte ihm den Cappuccino, dazu einen kleinen, eingepackten Keks. Ohne es wirklich wahrzunehmen, löffelte Marcel den verzierten Schaum aus der Tasse.

War die Dosis stark genug gewesen, um sie durchschlafen zu lassen? Hatte sie seine Abwesenheit womöglich bemerkt und sagte trotzdem nichts? Weil sie ihn liebte? Aber was, wenn …? Egal wie er es drehte und wendete, sie blieb ein Risiko. Wie lange sollte er warten? Würde er sie in den nächsten Tagen beseitigen, käme das für die Polizei einem Eingeständnis gleich. Selbst ein inszenierter Unfall wäre dann unglaubwürdig. Andererseits stieg mit jedem Tag, jeder Stunde die Gefahr, dass sie sein Alibi zerstörte. Verflucht!

Warte ab, gedulde dich, sei bloß nicht voreilig. Sie haben nichts in der Hand, du hast keine Spuren hinterlassen. Selbst wenn das Alibi platzt, haben sie noch keinen Beweis.

Langsam beruhigte er sich und wickelte den Keks aus der Folie. Er liebte diese Kekse, ärgerte sich aber über die Verschwendung. *Mama versteckte die Kekse immer in einer Dose ganz unten im Küchenschrank und immer schmeckten sie wunderbar frisch.* Wieso musste man einen einzelnen Keks einpacken, nur um ihn dann anschließend umständlich wieder auszupacken? Er schüttelte den Kopf.

Dann fiel sein Blick auf die Wanduhr. So spät schon? Er hatte seine gesamte Mittagspause bei einem Cappuccino mit sinnlosen Grübeleien verschwendet. Das ärgerte ihn noch mehr als der blöde Keks. Er bezahlte und verließ eilig das Café.

Als er zur Tür raus war, kam der Kellner, um den Tisch abzuräumen.

»Nichts anfassen!«, rief ein Gast von der anderen Seite des Cafés. »Kriminalpolizei! Ich brauche das Geschirr von diesem Tisch!« Er kam hastig herübergeeilt. »Hauptkommissar Strohbeck. Sind Sie der Besitzer?«

Der Kellner schüttelte den Kopf.

»Ist der Besitzer denn hier?«

Wieder Kopfschütteln.

Paul wurde gereizt: »Wird er noch kommen?«

»Nein, der ist verreist. Ich bin …«

»Keine Zeit!«, rief Paul und sah Reitmeier hinterher, den er doch eigentlich keine Sekunde aus den Augen lassen durfte. »Wollten Sie diese Plastikfolie wegwerfen?«

»Ja?« Der Kellner sah ihn irritiert an.

»Okay. Dann werfen Sie sie bitte jetzt dort draußen in den Mülleimer, ohne sie vorher anzufassen. Dann ersparen Sie uns beiden eine Menge Papierkram.«

Der Mann guckte Paul verständnislos an.

»Jetzt sofort!«, sagte Paul viel heftiger, als er es vorgehabt hatte.

Der Kellner nahm die Untertasse, auf der die Folienverpackung des Kekses lag, ging damit zur Tür und ... Kriminalhauptkommissar Strohbeck rannte wie angestochen hinter dem durchsichtigen Stück Folie her, das schon beim Öffnen der Tür aufgewirbelt und nun von einer leichten Brise die Straße hinuntergeweht wurde.

***

»Großartig, Paul. Der Fingerabdruck ist identisch! Marcel Reitmeier war im Hotel. – Wir haben ihn!« Harry klopfte ihm euphorisch auf die Schulter.

Paul lächelte verlegen. Wenn Harry gewusst hätte, dass er Reitmeier fast zehn Minuten aus den Augen verloren hatte, während er der Folie nachjagte, wäre es vermutlich eher eine Kopfnuss geworden. Aber er hatte ihn wieder eingeholt und sich davon überzeugt, dass er zurück in sein Labor gegangen war.

Harry rieb sich die Hände. »An der Art, wie du die Folie besorgt hast, gibt es nichts auszusetzen, richtig?«

»Glaub nicht ...«

»Was? Wenn irgend ein windiger Anwalt das als Beweisstück ablehnen lässt, sind wir im …«

»Also ich halte das für legitim. Der Kellner wollte es wegwerfen, ich habe es von der Straße aufgehoben.«

»Hm. Na egal. Hauptsache, wir kommen erst mal ins Haus, der Rest ergibt sich dann. Letztlich ist der Fingerabdruck noch nicht ausreichend, um ihm den Mord zu beweisen. Der beweist nur, dass er den Schlüssel mal in der Hand hatte. Ich gehe jetzt zum Staatsanwalt.«

»Sollte das nicht Herwald machen? Es ist ja eigentlich sein Fall.«

»Ich nehme ihn mit«, sagte Harry und griff zum Telefon.

Staatsanwalt Lothar Herwinkel sah die beiden Kriminalbeamten vor sich durchdringend an. Er war 45, trug die braunen Haare stets akkurat kurz geschnitten und gescheitelt, dazu einen schmalen Oberlippenbart. Die wachen Augen verliehen ihm das Aussehen eines Dandys. Sein dunkelblauer Einreiher, das gestärkte weiße Hemd und die dazu passende Seidenkrawatte verstärkten diesen Eindruck. Die braunen Budapester glänzten wie immer frisch poliert. »Und Sie sind sich absolut sicher?«

»Ja, alles ist schlüssig. Die Indizien und die Fingerabdrücke vom Tatort weisen eindeutig auf Reitmeier hin. Das ist unser Mann. Ein eiskalter Serienmörder, der keine Spuren hinterlässt. Der Fingerabdruck auf dem Schlüsselanhänger war sein einziger Fehler.«

»Mir missfällt die Art, wie der Fingerabdruck beschafft wurde. Ich glaube Ihnen, beziehungsweise Ihrem Kollegen gerne, dass er die Folie erst auf der Straße an sich genommen hat, aber den Kellner vor die Tür zu nötigen, kann vor Gericht auseinandergenommen werden.«

Harrys Ausführungen hatten ihn überzeugt, dennoch musste er der Realität ins Auge sehen. Schlampige Beweisführung war inakzeptabel, wegen solcher Kleinigkeiten konnten ganze Fälle zusammenbrechen und er hatte nicht vor, seinen guten Ruf damit zu besudeln. Andererseits wusste er natürlich um die Probleme der Polizei, in dem komplizierten Wust aus Vorschriften und Einschränkungen überhaupt noch etwas gegen die Verbrecher ausrichten zu können. Der Frust über die Machtlosigkeit der Justiz, die sich bei ihm seit Jahren aufgestaut hatte, brachte ihn immer wieder an die Grenzen des Verstehens. Recht und Unrecht kämpften miteinander und schufen Ambivalenz, denen er sich immer weniger entziehen konnte. Seine Arbeit war gekennzeichnet von Resignationen und Zweifeln am System. In den Gerichtssälen herrschten Angst und Anarchie. Angeklagte verspotteten Richter und Staatsanwälte, machten sich über die Ermittler lustig und ließen von teuren Anwälten jeden Trick ausnutzen. Befangenheitsanträge, Beweismittelzurückweisungen und Zeugendiskreditierung gehörten inzwischen zum Standardrepertoire eines Strafverteidigers. Also beugte die Polizei gelegentlich aus reiner Verzweiflung die Gesetze.

»Sie wissen hoffentlich, was da auf uns zukommt. Wenn das schief geht, wird man uns beide ans Kreuz nageln. Ich könnte meinen Job verlieren, was das Ende meiner beruflichen Kariere wäre und …« Er sprach nicht weiter. Man sah ihm deutlich an, wie er einen innerlichen Kampf mit sich selbst ausfocht. Spontan reichte er Harry die Hand und blickte ihn durchdringend an: »Sie können den Durchsuchungsbefehl morgen früh beim Richter abholen. Ich kümmere mich darum. Aber machen Sie keinen Fehler. Es steht zu viel auf dem Spiel. Vielleicht ein weiteres Menschleben, wenn's schief geht.«

»Ich werde Sie nicht enttäuschen, Herr Staatsanwalt«, sagte Harry schwitzend. *Hoffentlich.*

***

Sergio strahlte übers ganze Gesicht. »Du heilige Scheiße! Wie siehst du denn aus?« Seine Stimme hörte sich an wie Donnergrollen aus einem leeren Fass. Das *PIANO* in der Nähe vom Alexanderplatz gehörte früher zu Harrys Stammkneipen. Als Harry noch beim Dezernat für organisiertes Verbrechen arbeitete, war Sergio, der albanische Besitzer des Klubs, mit Harrys Hilfe aus den dunklen Geschäften ausgestiegen, die in seinem Laden abgewickelt wurden. Als Gegenleistung versorgte Sergio ihn seitdem mit Informationen aus der Szene. Inzwischen hatte sich eine Freundschaft entwickelt. Der Laden war im Stil der Dreißigerjahre eingerichtet, mit einem Pianisten, der abends Jazz spielte. Alles war in diffuses Licht getaucht, auch tagsüber, und auf den Tischen standen kleine Lampen mit roten Schirmchen. Sergio war fast zwei Meter groß, 150 Kilo schwer, hatte halblanges dunkelgewelltes Haar und einen Vollbart.

Harry setzte sich auf den Barhocker. »Bin im Moment nicht gut drauf. Habe da einen Fall am Laufen, der mir mächtig auf den Magen schlägt. Eine schreckliche Sache. Ich habe leider nicht viel Zeit. Also sag mir, was du auf dem Herzen hast.«

»Okay. Komm, wir gehen ins Büro.« Er winkte dem kräftigen Burschen, der am anderen Ende des Tresens Gläser spülte zu und ging voraus.

Als er die Tür hinter sich geschlossen hatte, setzte er sich in seinen Chefsessel und wies auf den Stuhl in der Ecke des kleinen Raumes: »Setz dich. Also … meine Nichte ist seit Monaten verschwunden. Ich dachte, du könntest dich mal bei deinen Kollegen umhören. Ich weiß, dass du nicht mehr bei der Mordkommission bist, aber du hast doch Verbindungen, oder?«

»Wieso glaubst du, dass sie tot ist? Gibt es irgendeinen Hinweis?«

»Du kennst doch meinen Neffen Fitim. Er ist Clan-Führer. Und seine Schwester, also meine Nichte Safia, ist fünfunddreißig. Eine tolle Frau und sie hat …«, seine Hände formten eine große Kugel, »ordentlich Holz vor der Hütte. Safia ist ein bisschen aus der Art geschlagen, sehr emanzipiert, sie lässt sich von niemandem etwas sagen und geht ihre eigenen Wege. Wechselnde Männerbekanntschaften und so. Manche lernt sie im Internet kennen, manche auf Flirtpartys … Harry, du verstehst doch, dass das nicht in unsere Welt passt. Wir sind nun mal Albaner. Die Ehre der Familie und so … Fitim hat sie deswegen schon verprügelt, das hat aber auch nichts genützt. Seit letztem Jahr ist sie spurlos verschwunden, quasi über Nacht. Du kannst dir vorstellen, dass Fitim ganz Berlin auf den Kopf gestellt hat, um sie zu finden. Aber nichts, niemand hat etwas von ihr gehört oder gesehen. Wir haben sie auch bei deinem Verein als vermisst gemeldet.«

»Und jetzt glaubst du, dass ihr etwas zugestoßen ist?«

»Was würdest du denn nach so vielen Monaten glauben? Dass sie sich nach Albanien abgesetzt hat? Quatsch, Berlin war ihre Heimat. Sie hatte hier alles, Geld und jegliche Freiheiten. Auch wenn uns ihr Lebensstil nicht immer passte, hier in Berlin konnte sie sich ausleben. Es gab keinen Grund abzuhauen. Ihr muss etwas zugestoßen sein.«

Seine Augen hatten einen feuchten Glanz angenommen. Noch nie hatte Harry ihn so gesehen. Dieser Mann, den eigentlich nichts aus den Socken hauen konnte, zeigte plötzlich Gefühl.

»Du hast doch Verbindungen zur Mordkommission. Du könntest dich doch mal bei deinen Kollegen umhören. Mein Verstand sagt mir, dass sie nicht mehr lebt. Mir geht es vor allem darum, dass sie gefunden wird und wir sie nach Hause holen und in Würde beerdigen können. Das ist sehr wichtig für uns, verstehst du das, Harry?«

»Natürlich helfe ich dir. Schreib mir ihren Namen auf und ich höre mich um.«

Sergios spontane Umarmung erdrückte ihn beinahe. »Ich wusste, du lässt mich nicht im Stich.«

»Ist doch klar. Ich melde mich. Jetzt muss ich aber los.«

Harry winkte noch mal und verließ das kleine Büro. Als er auf der Straße stand, rieb er sich die schmerzenden Rippen.

Tatsächlich musste er heute nur noch nach Hause, aber er wollte keinesfalls in einer Bar feiern, und darauf wäre es hinausgelaufen, wenn er geblieben wäre, während Miriam und Paul sich die Zeit mit der Observierung von Reitmeier und seiner Freundin um die Ohren schlugen.

14

Berlin, 26.09.2017

»Ich habe das SEK losgeschickt. Mal sehen, was wir bei der Hausdurchsuchung finden.« Harry stand in der Bürotür und lächelte aufmunternd. Über die Bedenken des Staatsanwalts sagte er nichts. Jetzt kam es darauf an schnell zu sein. Vielleicht konnten sie Schlimmeres verhindern. Alles Weitere würde sich finden. Er war eher bereit, seine Karriere und die des Staatsanwaltes zu ruinieren, als einen Mord zu verantworten.

»Sollten wir nicht dabei sein, wenn sie ihn festnehmen?«, fragte Miriam.

»Nein, wir fahren zu seiner Freundin. Herwalds Leute müssen abgelöst werden und ich will die Observierung noch nicht einstellen. Bei einem wie Reitmeier muss man mit allem rechnen. Ich habe ein mulmiges Gefühl.«

»Aber Reitmeier wird doch auch überwacht?«, meinte Paul.

Harry sah ihn nachsichtig an: »Der Durchsuchungsbefehl ist gerade erst auf dem Weg. Bis dahin dürfen die Beamten noch nicht mal seinen Garten betreten. Die können nur sagen, dass er reingegangen und nicht wieder rausgegangen ist. Ich will nicht riskieren, dass er die Kollegen bemerkt, sich hinten rausschleicht und die Kumpfmühler umbringt, während die Kollegen draußen vor der Tür im Auto hocken und die Klingel im Auge behalten.«

Paul sah ihn schockiert an. »Das traust du dem Kerl zu?«

»Ich bin mir nicht sicher, aber ich kann es nicht ausschließen. Jetzt kommt!«

Während sie mit Blaulicht zu Erika Kumpfmühlers Wohnung fuhren, erkundigte sich Harry per Handy bei den beiden Männern, die vor der Tür Wache schoben. Sie versicherten, dass sich nichts getan hätte.

»Fahr langsamer, es scheint alles in Ordnung zu sein«, meinte er zu Paul, der daraufhin das Blaulicht abschaltete.

Dann klingelte Harrys Handy. »Nie… Was? Scheiße! Okay, danke.« Er steckte das Handy weg. »Das war Herwald. Die haben das Haus von Reitmeier gestürmt. Er ist nicht da.«

Miriam stieß einen erschrockenen Schrei aus. Paul schaltete das Blaulicht wieder ein.

Harry rief erneut die Beamten an, die vor Erika Kumpfmühlers Wohnung standen.

»Die melden sich nicht«, flüsterte Harry nach einigen Sekunden mit schreckgeweiteten Augen.

Paul schaltete auch die Sirene an und trat das Gaspedal durch.

Als sie die Torstraße fast erreicht hatten, klingelte Harrys Handy erneut. »Das sind die Kollegen in der Torstraße«, sagte er verblüfft. »Ja? Wo wart ihr? Ich habe … ach so. Verdammt. Fahrt sofort zurück. Der ist … ach zum Teufel!« Er legte auf. »Ein Autounfall. Direkt vor dem Haus. Sie mussten aussteigen und helfen«, schimpfte Harry. »Das ist ein Trick. Das war Reitmeier, das schwör ich euch. Jetzt stehen die da rum und sichern die Unfallstelle, statt in die Wohnung zu gehen. Mach die Sirene aus!«

Als sie die Turmstraße erreichten, war das Chaos perfekt. Ein Sattelschlepper hatte versucht zu wenden, war dabei über die Straßenbahnschienen gerumpelt und mit der Hintersachse hängengeblieben, als eine Straßenbahn kam. Diese blockierte jetzt eine Kreuzung und beim Versuch an dem Sattelzug vorbeizukommen, waren zwei Autos ineinandergekracht. Harry war klar, dass die Beamten da jetzt nicht wegkamen, die Beteiligten drohten aufeinander loszugehen. Er hatte jedoch kein Auge dafür und rannte voraus, zur Hausnummer sieben.

Paul hatte den Wagen auf dem Gehweg abgestellt und hetzte Harry hinterher. Miriam sollte beim Wagen bleiben, lief aber ebenfalls los. Keiner der Männer hatte die Nerven ihr zu sagen, dass sie stehenbleiben sollte. Sie rannten um das Leben von Erika Kumpfmühler.

Als die Tür krachend aufflog, stürmten Harry und Paul mit gezogenen Waffen in die Wohnung, Miriam sicherte den Hausflur. Das Bild, das sich den beiden erfahrenen Beamten bot, ließ ihnen das Blut in den Adern gefrieren: Erika Kumpfmühler saß nackt auf der Couch, den Arm um den ebenfalls nackten Marcel Reitmeier gelegt. Sie saß so bewegungslos da, wie eine Wachsfigur. Ihre aufgerissenen Augen starrten ins Leere. Marcel Reitmeier hielt ihr die bis zum Anschlag ausgefahrene Klinge eines Cutters an die Kehle und onanierte.

»Polizei!«, brüllte Harry. »Hände hoch!« Seine Stimme drohte zu versagen.

»Messer weg!«, kreischte Paul nun.

Gemeinsam näherten sie sich vorsichtig dem Sofa.

Reitmeier machte keinerlei Anstalten aufzuhören. Er onanierte verbissen weiter, das Messer an der Kehle der erstarrten Frau.

»Seien Sie vernünftig!«, schrie Harry. »Das muss nicht so enden.« Doch ihm war klar, dass die Wirklichkeit anders aussah.

Reitmeier begann heftiger zu atmen, sein Blick verklärte sich leicht.

Harry schoss. Reitmeiers Kopf klappte nach hinten, die Hand mit dem Messer rutschte langsam an Erika Kumpfmüllers nacktem Oberkörper herab.

Paul sprang geistesgegenwärtig vor und sicherte das Messer. Dann zog er die Frau seitlich weg.

Schräg – eine Hand an seinem Penis, die andere den Cutter umklammernd – hing Marcel Reitmeier auf dem Sofa, der Kopf hing nach hinten über die Sofalehne, der Mund stand offen, die Augen waren gebrochen.

Harry ließ den Arm mit der Waffe kraftlos sinken. Er zitterte leicht.

Eine warme Hand legte sich von hinten auf seine Schulter. »Du hast richtig gehandelt«, flüsterte Miriam, während Paul einen Krankenwagen anforderte.

»Wir hätten ihn befragen müssen«, meinte Harry tonlos.

»Ich glaube nicht, dass er uns erzählt hätte, was wir wissen wollten«, meinte Paul und fühlte Erika Kumpfmühlers Puls. »Aber vielleicht hat er ihr etwas gesagt.« Er ging ins Schlafzimmer und kam kurz darauf mit einer Decke wieder, die er der nackten Frau umlegte.

Harrys Anspannung fiel vom ihm ab und er sank sichtlich in sich zusammen. Miriam stand hilflos neben ihm und wusste nicht, was sie tun sollte.

»Wer weiß«, sagte Harry verbittert, »wie viele Morde der noch begangen hat, von denen wir jetzt nie erfahren.«

Der Notarzt ließ Erika Kumpfmühler einen Tropf legen. Paul hatte mit dem Pathologen Mahler telefoniert und konnte die Droge nennen, die Reitmeier vermutlich verwendet hatte. Die Spritze, die sie unter dem Sofa fanden, war nicht weiter beschriftet.

Der Notarzt meinte, dass die Frau wohl überleben würde, da es nicht nach einer Überdosis aussah. Sie wäre vermutlich in wenigen Stunden wieder ansprechbar.

Herwald rief auf Harrys Handy an. Paul nahm das Gespräch an und erfuhr, dass sie in Reitmeiers Wohnung diverse Perücken, Kontaktlinsen und andere Verkleidungsutensilien entdeckt hätten, mehr allerdings nicht.

»Herwald meint, dass die Wohnung so steril sei, wie ein Operationssaal. Er kann sich gar nicht vorstellen, dass der Mann eine Leidenschaft fürs Gärtnern hatte«, meinte Paul beiläufig zu Miriam.

Harry zog die Nase hoch. »Was?«

»Die Blumen im Garten. Herwald meint, das wäre für die Jahreszeit untypisch. Da sei ein grüner Daumen am Werk gewesen«, sagte Paul und blickte Harry irritiert an. »Wieso?«

»Gib her«, blaffte Harry und streckte die Hand nach seinem Handy aus. »Bist du jetzt Blumenexperte, oder was?«, raunzte er.

»Harry? Ich … ja stell dir vor, ich habe ein Faible für Gartengestaltung. Ich kann mir zwar nur den kleinen Schrebergarten leisten, den ich von meinen Eltern …«

»Laber nicht. Was ist mit den Blumen? Grüner Daumen? Was?«

»Das wächst nicht von alleine so. Da hat sich jemand Mühe gegeben. Ich finde einfach nur, dass Gärtnern nicht zu diesem Typen passt. In der Wohnung sind nur künstliche Pflanzen.«

»Herwald, lass die Leichenspürhunde kommen. Ich schätze, die werden im Garten fündig«, sagte Harry leise und dachte an Sergio.

Dank

Bedanken möchte ich mich bei Lioba Caspary, die immer und zu jeder Zeit geholfen hat, wenn ich mal den Faden verlor. Die Anregungen gab und nie müde wurde für mich zu recherchieren, sodass ich dieses Buch zügig vollenden konnte.

Ferner gilt der Dank meinem Lektor Erik Kinting, der allen meinen Büchern den entsprechenden Schliff gab und meinen Kurz-Krimis zur Veröffentlichung verhalf. Er nahm mir alle Arbeiten ab, ich brauchte nur noch zu schreiben.

Danke.

.

Zeitfracht Medien GmbH
Ferdinand-Jühlke-Straße 7
99095 Erfurt, Deutschland
produktsicherheit@kolibri360.de